A l'altra banda del mirall

Narrativa, 224

Jordi Sierra i Fabra

A l'altra banda del mirall

Premi Ramon Muntaner

Editorial Empúries
Barcelona

Primera edició: octubre de 2003

Editorial Empúries, s. l.,
Peu de la Creu, 4, 08001 Barcelona
www.empuries.com
correu@grup62.com

Fotocomposició: Víctor Igual, s.l.,
Còrsega, 237, baixos, 08036 Barcelona
Imprès a Romanyà/Valls, Sant Joan Baptista, 35,
08786 Torre de Claramunt
DIPÒSIT LEGAL: B. 42.122-2003
ISBN: 84-9787-007-7

Aquesta novel·la està dedicada al meu amic Andreu Sotorra,
que el 1998 va plantejar la necessitat d'escriure-la
i li vaig acceptar el repte.

EL PRIMER SENTIT

I

ALGÚ VA DIR UNA VEGADA QUE el mirall enganyava.

Ho havia llegit, no recordava on, però li va quedar gravat en la memòria. La gent es mira en un mirall, però el que hi veu és el seu reflex passat, mai el present. Encara que sigui una milionèsima de milionèsima de segon, el temps mai no deixa de ser temps, i aquesta milionèsima també és temps, per més ínfim que sembli. Si la llum d'una estrella al firmament és la que va emetre fa milions d'anys, i ens arriba a la Terra quan l'estrella ja és morta, la llum d'un rostre reflectit en un mirall sempre arriba després d'haver estat emesa i haver fet el trajecte d'anada i tornada.

Així, doncs, en un mirall ens veiem sempre com érem fa una milionèsima de milionèsima de segon.

No li agradava gens posar-se transcendent i filosòfica, però és que era així.

Calia que ho plantegés a classe. Potser es pensarien que era de collita pròpia i li posarien bona nota.

La Maria va exhalar una glopada d'aire sobre el seu passat, reflectit al mirall del bany.

I tot allò, ¿per què?

Oh, sí, per la maleïda pregunta.

—¿Ens coneixem bé? —havia dit el profe de filosofia.

¿Es coneixia bé?

Resposta: no.

No tenia ni idea de què o qui era.

Maria Pardo Fuster, setze anys, estudiant de segon de batxillerat, filla de l'Alfons i la Leo, germana petita de la Paqui. ¿Present? Estudiar, estudiar i estudiar. ¿Futur? Ni idea. ¿Passat? La noia del mirall, i abans, res.

Un llarg camí fins allà.

I, de sobte, en els últims dos o tres anys, les preguntes.

Cada vegada més i més punxants i demolidores.

¿S'agradava a si mateixa? ¿S'acceptava? ¿S'entenia?... I les respostes repetien amb monòtona insistència: No, no, no.

La vida era bastant malparida, i ella, massa negativa. D'això sí que n'era conscient.

Es va apartar una mica del mirall per mirar-s'hi completament, nua, acabada de sortir de la dutxa i ja eixuta. Va intentar veure-hi la seva imatge des d'una altra perspectiva, i adornar-la amb els sentiments que, segons els altres, la feien destacar. Per exemple: l'afecte, la tendresa, la dolçor, l'emoció... Sí, d'acord, però tot això no la feia diferent. Per a ells, sí; però no per a si mateixa. Molta gent era dolça, tendra, afectuosa i emocional, d'acord, ¿i què? La Maite destacava perquè ja feia metre setanta; la Carme, per la seva increïble pitrera; la Norma, perquè era un veritable geni en matemàtiques; la Paula, pel fet de ser una esportista excepcional, que acabaria guanyant una medalla olímpica; la Maria Assumpció, per la seva immensa cabellera rossa, que feia bavejar tots els nois... i les noies, a causa de l'enveja; la Pilar, perquè lligava com una boja... I així podria continuar.

Però ella, Maria Pardo Fuster, setze anys, estudiant de segon de batxillerat, filla de l'Alfons i la Leo, germana petita de la Paqui..., ¿què?

Feia metre seixanta-tres. No estava malament, però tampoc no n'hi havia per llançar les campanes al vol. Duia els cabells curts, molt curts. L'antiga cabellera fins a mitja esquena d'abans penjava ara d'un clau, com a record, a la paret de la seva habitació, després d'haver passat a millor vida en un rampell, sis mesos abans, amb el consegüent disgust de la seva mare. Adéu, cabells de la infantesa. Benvinguda, falsa joventut. Els seus ulls eren transparents; el nas, petit; els llavis tenien un dibuix molt bonic, arquejats lleugerament cap amunt a les puntes; i tant els pòmuls com la barbeta mostraven una simetria i un equilibri perfectes, que era el que conferia al seu rostre aquella expressió de dolçor. Però ella se sentia incòmoda amb aquesta aparença. Cada vegada que, de nena, deien que tenia «carona d'àngel», desitjava saltar a la jugular de la persona per mossegar-l'hi, com un vampir modern. Cada vegada que algú comentava en veu alta que era «molt delicada», li venien ganes d'etzibar-li una puntada de peu al cul. A fer punyetes l'angelicalitat i la delicadesa! També això podia ser una càrrega, a menys que ho acceptés, i ella encara no estava decidida ni disposada a acceptar-ho. En aquest sentit, tenia molt present la lliçó del Jordi, un noi que anava a la seva classe però que tenia un any més que ella perquè havia repetit un curs. Durant anys, la seva fama de noi honest que sempre deia la veritat, i de bona persona de la qual tothom es podia fiar, l'havia estat perseguint i castigant. Totes les responsabilitats li queien al damunt, per «sant», per ser tan bona persona, per tot. Un dia, feia un any, se'n va cansar, i decidit a esborrar d'una vegada per totes aquelles estupideses relacionades amb la seva persona, va anunciar que havia rebut una oferta per gravar un disc. Ho va dir a casa seva, a la seva família, als veïns, a l'institut, i durant tres mesos va explicar amb tots els ets i uts com era la gravació, el que feia cada dia quan sortia de l'institut i una pila més de detalls perfectes i creïbles. Als seus pares els va dir que segurament deixaria d'estudiar. A vegades a classe deia que estava afònic perquè li havien fet repetir una presa molt aguda catorze vegades i se li havia trencat la veu. Un prodigi d'imaginació. Al cap de tres mesos es va fer imprimir una portada de CD i va efectuar audicions per presentar la novetat, a casa seva, a la seva escala, a l'institut. Va tenir fins i tot la gosadia de posar en el reproductor un CD d'un cantant de debò però poc conegut, i en cada audició, quan tots ja deien entusiasmats que els semblava que ho feia molt bé, els anunciava que era mentida, que els havia estat prenent el pèl, i que ho havia fet perquè deixessin de penjar-li la llufa de «bon noi», que se sentia com si el prenguessin per ximple i n'estava fart. Els seus pares van estar a punt de matar-lo, els veïns volien fer-lo fora de l'escala, i a l'institut un parell de noies van plorar i tot, perquè ja tenien coll avall que eren amigues d'un famós i es van sentir traïdes. Molt poca gent va entendre allò, el que els estava intentant dir, però ella sí que ho va entendre, i molt bé. Des d'aleshores, el Jordi era un referent, un exemple de coratge per afrontar la vida i respondre's a un mateix. Es va guanyar la fama de boig, però també de tio genial, capaç de tot, i això li va valdre un respecte.

La Maria va reprendre el seu examen davant del mirall.

La trobaven «bufona». Guapa, no; «bufona». Això l'empipava d'allò més. Per aquesta raó, el cos, pel fet d'estar en consonància amb la cara, la traïa per partida doble. Segons la seva mare, quan hi fiqués tot el farciment natural, seria una noia esplèndida, i afegia que el que li agradava més d'ella era la seva «exquisidesa femenina». La Maria no tenia ni idea de què dimonis podia ser allò de l'«exquisidesa femenina». Li sonava a fórmula social, com el fet d'anomenar «bon noi» al Jordi. ¿Que potser equivalia a ser ximple? La majoria de les noies de la seva classe fumaven, moltes duien roba molt poc «femenina», d'altres potenciaven al màxim els seus encants, precisament les que en tenien, i de manera ben visible... És a dir, cadascuna utilitzava el que podia, més que res per sobreviure. Però ella...

Tenia els pits petits, gairebé es diria que s'acostaven a les mesures convencionals per no semblar una tatxa ni tampoc una enormitat siliconada abans d'hora; és a dir, resultaven indefinits. Segons la Carme, eren «una mica» petits. Per a l'anorèctica de la Cristina, eren «una mica» grans. Així, doncs, ella se sentia com l'«antinorma». Amb una cintura correcta, els braços i les cames prims, amb una mica de carn a les cuixes, la qual cosa no impedia les pistoleres com a promesa que, al cap d'uns anys, més que pistoleres podien arribar a ser «tanqueres», quan, com deia la seva mare, «hi fiqués el farciment». Estava orgullosa de les seves mans i els seus peus, això sí. Per desgràcia, els peus no es veien mai, excepte a l'estiu, i les mans quedaven com a única bandera, però eren poques les persones que s'hi fixaven. Contribuïa a la seva defensa el fet que no es mossegava les ungles i les portava sempre maniàticament netes, tenint en compte que escrivia amb ploma i que això era generalment una marranada. ¿Què més? Ah, sí, la veu. Una mica aguda, per això gairebé sempre parlava xiuxiuejant i sense forçar-la. El Ferran, el nòvio de la Paqui, li havia dit que per telèfon el seu to era sexy. Un gran favor! La gent, a vegades, diu coses pensant que són afalacs i l'únic que fan és complicar-te la vida. Per telèfon ja no sabia quina veu fer, perquè no resultés sexy, ni aguda, ni...

Estava nua, de manera que l'última cosa que li quedava era el sexe.

El centre de gravetat del seu univers corporal.

I per a molts i moltes, mental.

Va mirar aquella taca fosca, triangular i misteriosa, completada com a dona des que hi havia fet acte de presència el pèl púbic. Fins feia tres mesos, podia qualificar-lo amb un simple eufemisme: «aquell desconegut». Ara no era que el conegués molt millor, però almenys, aquell dia, feia tres mesos, va acceptar la valentia d'explorar-lo, que era molt més del que d'altres es permetien, atrapades per motius religiosos, morals o personals. Va ser en un programa de televisió sobre sexe i dones. Una experta va dir que era important descobrir-se a si mateixa, i que el sexe era sens dubte el més important, juntament amb la ment, d'aquest coneixement. Llavors va demanar a l'audiència femenina que, en la intimitat, cada una agafés un mirallet, se'l col·loqués entre les cames i es mirés «aquest bonic monstre de bellesa pura» —va definir-lo així—, al qual moltes dones es resistien i convertien en un enemic vergonyós més que en un amic joiós. L'experta també va dir que, després, el sentissin, el toquessin, l'exploressin, externament i internament. «Una bona sexualitat és una bona vida», va insistir diverses vegades, gairebé com a norma. «No hi ha cap raó per renunciar a res», va argumentar amb vehemència. «Siguem lliures per acceptar el que som i qui som», va concloure amb orgull.

Aquella nit, la Maria va conèixer el «bonic monstre de bellesa pura».

Seguia fent-se les mateixes preguntes sense resposta, seguia veient-se al mirall amb els mateixos ulls, seguia tan plena de dubtes com sempre, però com a mínim ja no tenia parts desconegudes. Ara formava un tot.

La seva sexualitat, també.

Era part del «¿M'agrado?», «¿M'accepto?», «¿M'entenc?», que la martellejava en plena neura adolescent. Perquè, si més no, s'imaginava que era això: una «etapa adolescent», «una fase que passaria».

I com que el sexe també se l'havia mirat a través d'un mirall...

Aquella milionèsima de milionèsima de segon de retard...

Es va sentir una mica esgotada. Es va posar de perfil per veure's la silueta, la corba de les natges, el ventre pla, el contorn de les sines, i després va girar el cos i el cap per veure's d'esquena. Si una cosa era evident és que viuria tota la vida ficada en aquell cos, que era casa seva. I no hi havia operació possible per a això. Sempre seria la mateixa, encara que li arreglés les goteres o li canviés algunes teules o li revisés qualsevol altra tara. Al cap de vuitanta anys, als noranta-sis, continuaria veient aquell cos, més pansit i arrugat, però el mateix al cap i a la fi. És a dir, que allò que calia començar «estimant-se a si mateixa» era realment cert. Cert i necessari. Però, ¿com s'estima una a si mateixa? ¿Quina és la fórmula? ¿Acceptar-se? ¿Acceptar què?

Tan feliç que era uns anys abans, encara nena, sense tantes complexitats, abans del període dels nassos, i l'acne, i les preguntes, i els dubtes, i l'aclaparament...!

Sobretot, l'aclaparament.

La Maria va tornar a sospirar.

Deien que la vida era un misteri per descobrir, no pas un problema per resoldre. Quina frase. I també que es tractava d'un llibre obert. Si això era veritat, ¿on eren les lletres en ella mateixa? Ella ja volia llegir, ja, però no trobava ni un punt, ni una coma, ni una maleïda paraula que li donés la més mínima pista.

Excepte les seves cada vegada més intenses «menjades de coco».

—T'odio —va dir al mirall, no pas a la imatge que s'hi reflectia.

Es va apartar de la frontal, va allargar la mà, va agafar el pijama i se'l va posar mandrosament. Feta un parrac, perquè li agradava dormir folgada i el pijama sens dubte complia aquesta funció, amb tres anys menys a causa d'aquest i de la imatge resultant, va passar de fer-se una ullada final al mirall i va sortir del bany.

Quan es va ficar al llit i va apagar el llum, el seu cap seguia debatent-se entre els distants extrems de la seva inquietud, entre el No-res i el Tot pel qual divagava com un gos perdut, un assedegat al desert, una gavina al mig de...

Ni tan sols va saber com es va poder adormir tan de pressa.

2

L'Amàlia era el seu complement perfecte. Complia tots els requisits essencials, era la seva millor amiga, l'estimava, feia molts anys que es coneixien, s'entenien amb una sola mirada, i l'essencial, el més important, és que no s'assemblaven en res, ni mentalment ni físicament. L'Amàlia tenia molta més empenta, força interior, caràcter. Ningú no la feia callar. Sempre deia l'última paraula. La vida era la seva catifa. Hi caminava trepitjant fort. Pel que fa a la imatge, tenia els cabells rogencs, sense arribar a ser cent per cent pèl-roja, pell clara, les pigues justes, ulls negres, llavis carnosos, somriure extravertit, vitalitat gestual i dinamisme corporal. Més que guapa, que ho era i molt, sobresortia pel fet de ser atractiva. No deixava mai indiferent. I tenia un cos preciós. Tot i que ella no hi donava, encara, gaire importància.

Solia dir que, com que no tenia cap control sobre el seu creixement i desenvolupament, quan els donés la gana d'acabar i posar-ho tot en ordre, ja miraria què feia i com ho feia.

Més pragmàtica impossible.

La Maria se sentia a gust amb poques persones, i l'Amàlia n'era una, per no dir la millor, l'única. La seva ànima bessona.

Allò, el que sentia, només l'hi podia confiar a ella, per més que tingués por de discutir, o de ser rebatuda, o acabar en terra de ningú, feta un embolic i confosa.

De manera que, aprofitant que no hi havia ningú prop de la seva taula, a la terrasseta del bar on estaven prenent uns refrescos, va posar la directa.

—Ahir a la nit vaig estar mirant-me al mirall.

—¿I? —va preguntar-li l'Amàlia.

—Vull dir, despullada.

—¿I?

—No ho sé —va reconèixer ella, inicialment desarmada per l'excessiva moderació i manca de col·laboració de la seva companya.

—Doncs si no t'expliques més bé...

—Filla, és que no ho sé.

—¿Què és el que no saps? —va convidar-la a seguir.

—No era jo —va dir la Maria.

L'Amàlia va somriure interessada.

—¿Doncs qui era?

—Algú.

—Ja.

—Sí, una desconeguda, ja m'entens.

Tampoc ella no estava allò que es diu gaire lúcida, de manera que la seva amiga va calibrar l'abast o dimensió de les seves paraules observant-la fixament. Va creuar els braços, es va arrepapar a la cadira i li va deixar anar un clar:

—¿Neura o depre?

—No tot ha de ser blanc o negre.

—Doncs ja em diràs.

—Més aviat són preguntes —va exhalar.

—Algú que conec ho anomena «ràbia» —va dir l'Amàlia—. Diu que entre els dotze i els divuit, més o menys, tot ens cau a sobre, i que no és fàcil d'assimilar. Deixes de ser una criatura i et ve la regla, et canvia el cos, no entens res, et vénen ganes de plorar sense més ni més..., amb la qual cosa et sembla que ets una torracollons acabada. Segons aquest amic meu, és tanta la merda que et ve al damunt de cop, que perds fins i tot la perspectiva, i allò que és bo es camufla amb allò que és dolent.

—¿Qui és aquest geni?

—Escolta, que té raó.

—No, si ho dic per això —va convenir la Maria.

—És una teoria que, per descomptat, només es demostra amb el temps —l'Amàlia va arronsar les espatlles—. Per a ell, tot aquest malestar ens genera ràbia, però resulta que la ràbia és bona. Creu que és l'energia que ens fa forts de cara al futur. Ara ens desconcerta, però després, aquelles persones que saben canalitzar-la en coses positives, se n'aprofiten.

—Sembla interessant.

—Ho és. El pitjor és que, per a tu i per a mi, això ens sembla perfecte com a teoria, però a la pràctica... No tenim ni puny etera idea del que ens passarà, no ja d'aquí a deu anys, sinó l'any vinent o el mes que ve. El fet de poder parlar des de la distància és genial. Digue-li a un engripat amb quaranta de febre que d'aquí a un mes estarà com nou. El més probable és que t'engegui a passeig, perquè ara es troba fatal, i faci el que faci, estarà fatal demà, i demà passat, i l'altre.

No discutien mai. Es posaven fàcilment d'acord en tot. Comencessin com comencessin qualsevol cosa, al final sempre s'entenien, per més hores que passessin parlant-ne. La Maria s'adonava que aquella familiaritat no la tenia ni amb la seva mare ni amb la seva germana Paqui. L'Amàlia era l'epicentre de la seva vida.

—¿Quant temps fa que som amigues? —va voler saber.

—Des de primer.

—I no tenim secrets, ¿oi?

—Crec que no.

—¿Com em veus?

—Normal.

—Va, seriosament.

—T'ho dic seriosament —va replicar l'Amàlia—. ¿Com vols que et vegi? No tens tres ulls ni sis dits a les mans.

—Ja, però..., ¿normal, normal?

—Ostres! —Va fer un gest irònic—. ¿M'ho preguntes com a amiga o com si fos la teva psicòloga? Perquè si es tracta d'això últim, encara no m'he graduat.

—És que ahir a la nit em mirava al mirall i... no ho sé...

—No et coneixies.

—Més o menys.

—Aquesta nit mira el teu pare, i la teva mare, o a mi mateixa d'aquí a una estona, quan estigui distreta. Fes-ho i veuràs que et passa el mateix. Coneixes els teus pares des que vas néixer; però si els mires i et preguntes qui són..., segurament t'adonaràs que realment no els coneixes. No en saps res, d'ells. Fins i tot el seu rostre et pot semblar a vegades terriblement desconegut.

—¿A tu també t'ha passat, això?

—És clar, tia!

—¿I no et fas preguntes?

—Intento no menjar-me el coco.

—Jo no puc evitar-ho.

—¿Què et penses, que no ho sé? —va burlar-se l'Amàlia.

—D'acord —es va picar la Maria, allargant la «o».

—Escolta, que no passa res —va tranquil·litzar-la la seva companya—. Els diàlegs amb el mirall han de formar part del nostre creixement. Cada dia ens hi mirem i és com esfullar una ceba: al final acabes plorant.

—Tampoc no és això.

—Doncs ja em diràs! Tot déu es veu la primera arruga al mirall del bany, i el primer bony sospitós, o el primer blau en un lloc o en un altre. La meva mare, fa uns dies, va sortir del bany donant un cop de porta i cridant que se li estava afluixant la carn per totes bandes. El maleït mirall és com la nostra consciència: t'engega la veritat, aquest tros de...

—Jo, ahir a la nit...

—Escolta —va aturar-la l'Amàlia—, ¿vols que et digui una cosa?

—Endavant.

—Necessitem dos nòvios.

—Però, ¿què dius?

—Ja ho has sentit: dos nòvios. Bé, nòvios, no. Dues aventures. ¿Quant temps fa que no flirtegem amb ningú?

—¿Jo? Setze anys —va dir la Maria.

—Doncs jo, un; des d'allò del Pasqual. I no cal que diguis res —va aturar la protesta de la Maria—. A mi ja em serveix. O sigui que, com que ens ho demana el cos, si no, tu no estaries tan depreneures, dissabte anirem a veure què arrepleguem.

—¿Vols anar a caçar?

—Això mateix —va assentir ella—. Tu ets una romàntica, i jo... —va alçar les pupil·les en una clara mostra de preocupació existencial—. Bona pregunta, ¿jo què sóc?

—Ets alta, guapa, tens uns ulls encantadors, una boca grossa, uns llavis carnosos, uns cabells fantàstics, un cos increïble...

—Doncs si jo sóc així i tu estàs buscant respostes, el que t'he dit: dissabte, a caçar. I no se'n parli més.

—Amàlia...

—Calla, pesada!

I va callar.

3

Quan l'Amàlia se'n va anar del bar, la Maria es va quedar asseguda a la taula, per aprofitar l'estona de què disposava i prendre una mica aquell solet tan càlid que trencava la monotonia dels núvols dels darrers dies. Abans de tancar els ulls i tirar el cap enrere, va veure com la seva amiga s'allunyava amb un pas decidit i ferm, una energia escampada tant en els gestos com en els cabells, que onejaven al vent a manera de bandera, igual que una tigressa. Un parell d'homes van girar el cap en creuar-se amb ella, un de molt jove i un altre de molt gran. Pols oposats rendits davant la seva presència.

Això la va fer somriure.

L'Amàlia era un cas excepcional.

Malgrat tot el que li havia passat, la traumàtica separació dels seus pares, el dolor intrínsec produït per un dels drames més habituals i quotidians entre els seus amics i amigues, encara era capaç de somriure a la vida amb actitud desafiadora, cloure els punys, estrènyer les mandíbules i mostrar-se decidida a tirar endavant.

—És la meva vida, només en tinc una, i no deixaré que els altres m'amarguin l'existència, encara que siguin els meus pares —va dir-li quan li va explicar que els seus pares se separaven.

La Maria es va preguntar què hauria fet ella en el seu lloc. Probablement s'hauria enfonsat, hauria tocat fons fins a sentir-se desgraciada, una autèntica merda. D'alguna manera ho devia tenir tot interioritzat. Tant, que al final resultaria que ho passava pitjor que ningú, com si la culpa que el món anés com anava també fos seva. L'Amàlia tenia les seves opinions, del seu pare, de la seva mare, del que havia passat, i si més no s'aferrava a elles i a la seva llibertat. Potser un dia acabaria caient per haver aguantat massa pes damunt la seva ànima, però de moment ho resistia, amb força, exemplificant la seva voluntat.

¿Per què no es mirava al mirall de l'Amàlia, en comptes de mirar-se a si mateixa en el seu, com la nit anterior?

Se sentia inquieta i va obrir els ulls, va girar el cap, i llavors el va veure.

No era la primera vegada que els seus ulls es creuaven, i sempre, sempre, el resultat semblava que era el mateix. Ell l'observava des d'una distància prudent, i ella feia veure que es despistava, sense saber què fer. Ell abaixava el cap, o ella l'apartava. Ell acabava travessant el carrer, o fent una altra cosa, o marxant en direcció contrària, i ella es preguntava si era tímid o idiota.

Devia tenir uns disset o divuit anys, alt, rosset, rostre obert i d'aparença simpàtica. No estava malament. L'Amàlia havia dit directament alguna cosa com que «estava com un tren» o «més bo que el pa». És clar que l'Amàlia, en qüestió de nois, tenia el nivell baix. Sis mesos abans s'havia entestat que el Felip Sanchidrian era «bufó», tot i que el pobre hauria guanyat el primer lloc en tots els concursos de Míster Quasimodo celebrats universalment. A vegades confonia simpatia amb bellesa, o personalitat amb potabilitat. Tot i això, en el cas del desconegut, no haurien tingut cap dubte. A més, vestia bé, es notava que tenia gust a l'hora de combinar peces i colors, i la classe l'aportaven alguns tocs diferencials, com la tallada de cabells o la manera de portar el jersei.

La Maria va mirar endavant.

Però no li va servir de res.

Es va convertir en una estàtua, sense saber gaire bé què fer, ja que la situació li resultava una mica estranya, i llavors va poder sentir els ulls del noi encara més clavats en ella, repassant-li el perfil, acariciant-li els cabells, besant-li els llavis i, finalment, recorrent-li el cos. Va ser com tornar a estar nua, igual que la nit abans davant del mirall. Nua, perquè ell li arrabassava la roba lentament, amb delicadesa, i buscava la complicitat de la seva pell, ara estremida.

Se li va posar la pell de gallina.

Mai no havia sentit res de semblant.

I malgrat això no es va moure, va restar quieta, incapaç de reaccionar. El cap li deia que s'aixequés i se n'anés, les cames no li responien. El cap li ordenava que s'enfrontés a la seva mirada, per fer-lo desistir d'aquella invasió tan privada, però el seu cap seguia clavat al coll, sense poder girar sobre les seves invisibles frontisses. El cap li demanava un gest, el cor se li havia quedat paralitzat. Una lluita més en el seu desconcertant ésser.

Aquella nuesa interior li transmetia moltes coses: inquietud, incertesa, desconcert...

—Hola.

Va tenir un sobresalt.

Ara sí que va reaccionar, però ho va fer tot alhora: girar el cap, mirar-lo, descobrir-lo allà, al seu costat, somrient amb una delicada tendresa, i provocant que el cor li tornés a funcionar de nou, a cent per hora.

Una estupidesa.

—Hola —va respondre-li ella.

—¿Puc seure?

4

¿Podia?

—Sí, és clar.

¿És clar?

—Gràcies.

Ho va fer, davant seu. Va deixar els llibres que portava damunt la taula i va inundar-la amb un somriure descomunal.

Descomunal, perquè la va despullar encara més.

Un somriure harmònic, bonic, de calor i afecte, de sinceritat i complicitat, emmarcat per la brillantor dels ulls, la perfecció de les seves dents o la serenitat que transmetia. Fins el sol, banyant-lo de costat, va projectar llums i ombres equidistants en el seu rostre. Ja no estava tan segura que l'Amàlia hagués dit allò que «estava com un tren» o «més bo que el pa». Ara podia jurar que la seva amiga diria molt més. De prop, el noi guanyava. De prop, el que transmetia era molt més poderós. I, per descomptat, tot i que hi havia timidesa, implícita, quedava superada per la naturalitat dels seus gestos.

—Si et molesto...

—No estava fent res.

—Ja, però no és el meu estil acostar-me a una noia i abordar-la així, sense més ni més.

¿Quin devia ser el seu estil? ¿Somriure perquè es desfessin? ¿Banyar-les amb aquella mirada dolça i captivar-les? Li hauria agradat preguntar-l'hi, i tanmateix es va sentir a si mateixa dient:

—Espero que no em voldràs vendre una enciclopèdia a terminis o un curs accelerat d'anglès.

¿Per què havia dit aquella ximpleria?

Curiosament, ell es va posar a riure.

Tots els nois devien riure quan els agradava una noia i ella deia qualsevol bestiesa. Era això.

L'Amàlia hauria dit...

Calia que deixés de pensar en l'Amàlia. Allà, només hi era ella. Amb ell.

—No et vull vendre res, però evidentment anava a fer-te una proposició. —I va aclarir-li—: Honesta, per descomptat.

Va pensar en una resposta aguda, del tipus «Doncs quina desil·lusió», per estar a l'altura i jugar. ¿O no era un joc? Es va posar vermella només d'imaginar-ho. Com que ell esperava alguna cosa, el silenci es va mantenir més enllà del que és normal. Un dels llibres que havia deixat sobre la taula es titulava *Teoria dramàtica*, un altre estava girat al revés i no se'n veia el llom, i el tercer era una novel·la de William Somerset Maugham, *El filo de la navaja*.

Tenia unes mans molt boniques.

—¿Quina mena de... proposició? —va aconseguir dir.

—¿Has actuat mai?

—¿Com dius?

—¿Que si has actuat alguna vegada, ja m'entens, en públic?

Semblava un mètode per lligar interessant. És clar que era la primera vegada que un noi desconegut, que estava realment bé, intentava lligar amb ella. La poca pràctica va fer que es mantingués en guàrdia.

—¿Jo? No, mai.

—Vull muntar l'obra de final de curs que representarem a l'institut, i estic mirant de completar la companyia, el repartiment i tot això, ja m'entens.

—¿I què té a veure la teva obra amb mi?

—Doncs que t'he vist unes quantes vegades, a l'institut, i per aquí, i... bé, m'ha semblat que potser t'interessaria.

—¿Ho dius seriosament?

—Ja ho crec —el seu rostre era ara molt sincer.

—No sabria què fer.

—Crec que tens força, i personalitat —va dir ell—, a més d'una cara perfecta per a un dels papers.

Ara ja no va saber si posar-se a riure o mostrar tota la seva incredulitat.

—¿Força i... personalitat? —va arrugar el rostre en fer la pregunta.

—Des de petit que tracto amb actors i actrius, i t'asseguro

que sé el que em dic. Una cosa és que no tinguis experiència, que no t'ho hagis plantejat mai, i una altra que no serveixis.

—¿I penses que serveixo?

—Sí. —Va ser categòric.

—¿Per què?

—Aquestes coses es noten. La manera de moure's d'una persona, de parlar, de fer un gest, de mirar... Pot ser que ho portis a dins i ni ho sàpigues.

—I pot ser que t'equivoquis.

—També —va reconèixer—. Però si no ho proves, no ho sabrem mai, ni tu ni jo.

—Sempre m'he vist bastant tímida. Imagina't dalt d'un escenari.

—No crec que siguis més tímida que jo.

—Sí, home!

—T'ho dic de debò. Potser per això vull ser actor. Dalt de l'escenari, deixes de ser tu i et converteixes en el personatge que interpretes; i si el personatge és decidit, valent i fort, tu ets decidit, valent i fort. És una catarsi. Un alliberament.

—¿Sempre has volgut ser actor?

—Sóc fill d'actors —va assentir com si ho digués resignat—. Des de nen imitava els meus pares, assajava escenes, em disfressava... Sí, és allò que se'n diu una vocació forta.

—Jo no tinc ni idea del que faré —va manifestar la Maria.

—No passa res. La meitat de la gent que conec està igual.

—¿Has fet res? Em refereixo al pla professional.

—D'extra en un parell de pel·lícules, res d'important, només per guanyar uns quants calerons. Vull preparar-me seriosament —va dir—. En primer lloc, no vull que em donin una gran oportunitat pel fet de ser fill dels meus pares, tot i que no són famosos ni res d'això, que consti. En segon lloc, no vull ficar-me en una sèrie juvenil d'aquestes que fan a la televisió i que et lliguen un any o dos i acaben encasellant-te o cremant-te. Prefereixo el teatre, que és el que et forja de debò com a actor, però sense deixar res de banda; i quan em senti realment capacitat, ja ho veurem. Vull viure tota la vida actuant, de manera que no hi ha pressa.

—¿I t'han encarregat l'obra per això?

—Sí, han pensat què estaria bé. I jo... encantat.

—Doncs no sé què dir-te.

—Pensa-t'ho.

—Si és que no hi ha res a pensar. Hauré de creure que ets molt dolent per haver imaginat que jo podria...

—¿Per què no ho proves? Passa pel teatre de l'institut.

La Maria sempre havia cregut que l'institut era com una petita ciutat. Ara n'estava segura. Cada dia assistien a les classes mil dos-cents alumnes de totes les edats. No es barrejaven gaire entre si, no hi havia temps, i no solament era impossible conèixer-se, sinó veure's al pati, als passadissos, als camps de joc o... al teatre. Ni tan sols recordava el seu company.

Va tornar a fixar-se en els llibres, i ell se'n va adonar.

—*El filo de la navaja* —va assenyalar ell—. ¿L'has llegit?

—No.

—Jo el vaig descobrir als dotze anys i em va fascinar —va allargar-l'hi—. El vaig llegir novament als quinze, i aquesta és la tercera vegada que ho faig. Potser avui sembla antiquat, pel tipus de societat de què parla, però el que em va agradar va ser el seu personatge central, el noi. De nen em vaig proposar ser com ell.

—¿I com és ell?

—Una bona persona. Res més.

—¿Res més? ¿Et sembla poc?

—Bé, és igual. Escolta —va mirar l'hora amb disgust—, ¿t'ho pensaràs?

—No.

—Doncs hauries de fer-ho, de debò —va assenyalar-la amb un dit inflexible, al mateix temps que s'aixecava de la cadira—. Jo no penso rendir-me, i sé on puc trobar-te —va dir arrufant les celles i empetitint els ulls, amb la qual cosa allò va sonar més aviat a *Sé lo que hicisteis el último verano* en versió natural—. Per cert, em dic Lluís.

—Jo, Maria.

Es van donar la mà.

—Ja ens veurem —va acomiadar-se ell.

—D'acord.

Es va allunyar del seu costat, i va tenir la mateixa sensació que quan ho havia fet l'Amàlia. Destil·lava magnetisme.

El noi va ser objecte de les mirades d'atenció de dues noies que hi van passar a prop —una va donar un significatiu cop de colze a l'altra—, i d'una dona de trenta anys que també va girar el cap, encara que només fos per curiositat davant el gest de les dues adolescents.

Al capdavall, no havia estat un flirteig.

O potser sí.

Ja es veuria.

5

Estava fullejant *El filo de la navaja* per decidir si valia la pena llegir-lo o no. Se sentia intrigada, i més encara després d'haver descobert, amb sorpresa, que precisament el tenia a casa seva, a la ben assortida biblioteca dels seus pares. I l'havien llegit tots dos.

—És molt bo; al seu moment, a mi em va impactar —va dir-li ell.

—I la pel·lícula també era molt maca —va afegir ella.

El tal Maugham havia mort el 1965, als noranta-un anys, de manera que l'edició que tenia a les mans era posterior a la seva mort. Preferia els llibres més actuals, amb temes del moment amb els quals pogués sentir-se identificada, però no rebutjava cap bona història, parlés del que parlés i passés quan passés.

Hi havia tantes coses per descobrir.

Va llegir-ne uns quants paràgrafs d'aquí i d'allà, indecisa, mentre pensava en el seu nou amic, el Lluís, i el seu curiós oferiment. Actriu, encara que fos en una obra «escolar». ¿Per què no? Si realment volia explorar-se a si mateixa, descobrir els seus límits, les seves capacitats, qui era realment, potser calia que es tirés de cap a una dotzena de piscines abans de trobar les seves veritables aptituds o calibrar el més important: les seves opcions a la vida. I no pensava solament en temes laborals, que al cap i a la fi i tal com ho sentia no tenien importància, sinó en coses personals.

Des de feia uns dies se sentia tan rara, tan estranya dins del seu propi cos i de la seva pròpia ment, que estava disposada a provar-ho tot, o gairebé.

Tenia por.

Una paraula nova.

Mai no havia tingut por. La vida era una cosa que li passava pel costat, que veia des de la distància o en perspectiva, aliena als seus contorns més o menys espinosos, però que ara acabava d'aturar-se, com un tren en una estació, tot esperant que hi pugés per reprendre el camí. Ja no podia ignorar-la, perquè la reclamava. Ja no podia despistar, fingir indiferència, girar el cap, perquè allò que sentia era molt fort.

—Estic confosa —va xiuxiuejar.

¿Què li estava passant?

¿Què i per què?

En obrir-se la porta de l'habitació, els seus pensaments van ser escombrats en un tres i no res. Els seus pares sempre trucaven abans d'entrar, de manera que es tractava de la seva germana Paqui. Ni tan sols va alçar el cap per mirar-la.

—Maria —va dir-li la nouvinguda—, ¿puc veure les teves coses?

Quan deia «les teves coses» es referia a la seva roba. I perquè ella era a casa, que si no, hauria entrat sense més ni més per emportar-se el que li hagués vingut de gust. Impunement.

La Paqui sempre seria la seva germana gran.

—És clar —va resignar-se.

La noia ja era a dins, més a prop de l'armari que de la porta. Mastegava un xiclet amb absoluta determinació, a manera de substitutiu nicotínic, perquè a casa ningú no la deixava fumar i ho feia amb un ritme frenètic d'un o dos paquets diaris. Precisament, el que li sabia més greu a la Maria era que després la roba li feia tanta pudor que li provocava mareig, encara que la rentés.

Va veure com la seva germana obria l'armari i començava a explorar les seves interioritats amb ull crític, de moment sense treure res per emprovar-s'ho, encara que tot era qüestió de temps.

—¿Què llegeixes? —va preguntar-li.

—Res, només l'estava fullejant.

—Un dia se't capgirarà el cervell.

—Mentre en tingui, rai.

—Quina gràcia!

La Paqui era gairebé tres anys més gran que ella, ja en tenia dinou, tot i que els havia fet tot just un parell de setmanes enrere. Per atzars inexplicables del destí i la natura, no s'assemblaven gens físicament, ja que la Maria era molt més guapa, si bé la Paqui suplia aquesta carència amb la seva desimboltura. Per contra, eren iguals corporalment. La mateixa talla, les mateixes proporcions, els mateixos gustos. Tret d'això, en la resta també eren com la nit i el dia. La Paqui vivia a mil, cremava etapes a la velocitat del so, anava sempre disparada, era un nervi, i la seva filosofia es resumia en mitja dotzena de conceptes molt bàsics. Quedava circumscrita a paraules com «moment», «ara» o «ja». Deia que pensar en el demà no servia de res, «perquè ningú no et garanteix que seguiràs viva al cap de mitja hora». Abans discutien molt més. Des de feia uns mesos, potser un any, ja no. Segons la Paqui, ella «es menjava massa el coco». Segons ella, la Paqui no tenia cap perspectiva i acceptava amb normalitat que la seva vida es caracteritzés, justament, pel fet de no tenir cap rumb. Eren dues alienígenes que vivien juntes.

Però s'estimaven.

La Paqui fins i tot l'envejava, ho sabia, després de tants anys d'haver sentit dir a tothom com era de «bonica», de «guapa», de «bufona». Un menyspreu que, fins als onze o dotze anys, la Maria no havia calibrat en la seva justa proporció, quan ja era tard per fer-hi res, excepte demostrar a la seva germana gran que no s'ho creia ni havia d'afectar-les. Potser per això la Paqui havia desenvolupat aquell instint de protecció tan seu, aquella agressivitat i determinació tan pròpies del seu temperament.

Però sí, s'estimaven, i molt.

—¿I això? —la Paqui va treure una faldilla de color vermell, molt alegre—. No te la poses mai, i és molt bufona.

—Una mica cridanera.

—Ai, filla! —va deixar la faldilla i els va tocar el torn a uns texans i a un top de color taronja que penjava de la part superior del penjador—. ¿Quan t'has comprat...? —no va acabar la frase, va agafar el top i va deixar els texans—. És perfecte!

La Maria va seguir observant-la des del llit. Es va col·locar el llibre al costat per assistir a l'espectacle. La Paqui ja s'estava traient la brusa que duia. Anava sense sostenidors, de manera que la va veure reflectida al mirall. Tenia els pits una mica més punxeguts que els seus, desafiadors. Es va posar el top, que li quedava molt bé, i es va estudiar de cara i des de tots dos costats.

—¿Per què no te'l poses? —va insistir.

—Marca massa —va reconèixer la Maria.

—Bestieses —va llançar-li una mirada a través del mirall—. A més, si en tens, en tens. I ja està. ¿Per què te'l compres, si després no el portes mai? ¿Vas tenir un rampell?

—Sí, i després me'n vaig penedir. Sort que tinc una germana que ho aprofita tot.

—Almenys, jo en trec partit, que tu... ¿Com em queda?

—¿Vols saber la veritat?

—Sí, és clar, ¿per què?

—Et queda molt bé, però segueix marcant massa.

—¿Oi que sí? —va somriure plena de malícia—. ¿Me'l deixes?

—És clar, dona.

—Fantàstic! —es va mossegar el llavi inferior, víctima de l'emoció—. Serà una passada.

—¿Amb qui surts?

—Amb el Ferran.

—Sembla que et dura.

—Qualsevol diria que canvio així com així —va fer petar els dits.

Canviava així com així, però no l'hi va dir.

Al capdavall semblava que, amb el Ferran, hi anava més seriosament.

Però només de pensar en ell, la Maria s'estremia.

La Paqui va desar el que havia tret, i ho va deixar tot tal com ho havia trobat, per respectar l'ordre de la seva germana petita. Ella tenia una habitació que semblava més aviat un desgavell. Ningú no s'atrevia a entrar-hi per si de cas. Fins i tot la dona de la neteja —que es guanyava unes esbroncades tremendes cada vegada que li rentava el que no havia de rentar o li endreçava les coses i llavors, segons la Paqui, ella no les trobava— es negava en rodó a entrar a la «lleonera», terme amb el qual l'havia batejada.

—D'acord; doncs, gràcies. Vals un imperi —va acomiadar-se la Paqui caminant ja cap a la porta, sense treure's el top.

—Espero que no te l'arrenqui a mossegades.

—Que n'ets, de dolenta!

El més sorprenent és que no ho era. I potser ja era hora que ho fos.

La Paqui li va fer l'ullet abans de deixar-la sola. La Maria va sentir com cantussejava feliç pel passadís, en direcció al bany. Va tornar a agafar el llibre i llavors sí, va anar a la primera pàgina i va començar a llegir-lo, sense més ni més.

Li va costar concentrar-se, però a l'últim se'n va sortir.

6

El sopar era territori familiar. Els dies laborables no podien dinar junts, tots quatre, per motius de coordinació, però el sopar era gairebé inviolable. De les poques normes rigoroses imposades pels seus pares, aquella n'era una, i es complia al peu de la lletra com a mínim de dilluns a dijous, ja que el divendres i el dissabte...

La seva mare, la Leo, va deixar anar la petita bomba quan estaven acabant el segon plat, abans que la Paqui, que menjava a cent per hora, s'aixequés de taula.

—Aquest cap de setmana anirem a casa de la tia Francesca.

La tia Francesca tenia una caseta a la muntanya, en un indret perdut i sense gairebé cap arbre que ella anomenava «natura», però que en realitat s'assemblava més a la «quinta forca on Déu va perdre l'espardenya», com deia la Paqui. El poble més proper es trobava a cinc quilòmetres i la urbanització estava formada per una heterodoxa massa d'urbanites desitjosos de gaudir de la pau espiritual durant el cap de setmana. Una pau fonamentada en l'oblit de les tasques quotidianes, que canviaven per unes altres que els deixaven igual d'esgotats, però que els semblaven «diferents»: tallar la gespa si n'hi havia, plantar tomàquets en horts improvisats, arreglar una gotera o una finestra o un desguàs, i un llarg etcètera que produïa angoixa només d'imaginar-ho. A més, els urbanites amb casa a la muntanya, sempre soferts i amb el desig de compartir, veien com els caps de setmana, per iniciativa pròpia o dels altres, el refugi se'ls omplia de familiars disposats a fer paelles, sardinades, calçotades o qualsevol tipus de menjar que els passés pel cap, de manera que acabaven sent dotze, quinze o vint persones entrant i sortint, buidant la nevera, omplint l'aire de crits diversos —de mares a nens, de nens a nens, de cunyats a cunyades, de marits a mullers, de fills a àvies—, i provocant l'esparverament dels veïns, o bé rivalitzant amb ells en el cas que aquests també tinguessin una festa semblant.

Escruixidor.

Així, doncs, la Paqui va ser ràpida:

—Jo passo —va dir.

Ni tan sols tenia una excusa. Passava i ja està. La Maria va reaccionar amb retard, però ho va fer abans que la seva mare donés per fet que ella sí que els acompanyaria.

—Jo haig d'estudiar.

El seu pare es va quedar automàticament al marge de la disputa, i va cedir el protagonisme a la seva dona. La Leo no es va adreçar a la seva filla gran, sinó a la seva filla petita.

—Estudia allà —va dir.

—Mama! ¿Com vols que estudiï en aquell manicomi?

—Et prometo que no et molestarà ningú. No hauràs de cuidar la cosina Aurora ni fer encàrrecs.

—Mama, que no.

—Ja comencem —la Leo va creuar els braços, va mirar l'Alfons i, passant de la Paqui, va tornar a fixar la seva mirada incrèdula sobre ella—. ¿És que no podem tenir un cap de setmana tranquil?

—Caram, mama. ¿Què té a veure la tranquil·litat amb això?

—Vindràs.

La Maria es va sentir molt malament.

—Que no, mama —va voler deixar clar.

—Si és que no véns mai!

—És increïble —intentava no barrejar-la, però no va tenir altre remei—. I la Paqui, ¿què?

—Eh, eh! —va saltar ella.

—La Paqui ja és gran —va dir la seva mare—. I després, si no véns, la cosina Dolors em pregunta per tu, i no sé què dir-li.

—Doncs no li diguis res.

—Molt fàcil. Comença «que si la deixes molt lliure», «que avui dia la joventut està boja», «que si mira això de la sida, i dels embarassos de les adolescents, i dels morts a la carretera, i de l'èxtasi»...

—O sigui que, com que la cosina Dolors és idiota, jo m'haig d'aguantar.

—La família...

—Ja hi som una altra vegada amb la família! —es va queixar la Maria alçant les mans—. Mama, els amics es trien, però la família et cau al damunt, com un sac, i és una llauna!

—Mama —va intervenir-hi la Paqui—, reconeix que nosaltres som quaranta, i que això no és una família, és un batalló.

—Fes-li costat, ara tu —va retreure-li la Leo.

—És que té raó —va defensar-la, finalment, la Paqui—. Si ha d'estudiar, ha d'estudiar i punt. Després, si suspèn, li munteu un ciri.

—Evidentment... —la dona seguia amb els braços creuats, mirant-les amb tristesa i malestar.

—¿Quan t'adonaràs que són unes xafarderes amb les quals cal anar amb molt de compte? —va insistir la Maria—. Si hi vaig, parlen, i si no hi vaig, també. Doncs m'estimo més no anar-hi. I és veritat que haig d'estudiar.

—Ja —la seva mare va mirar el seu pare.

L'Alfons mastegava lentament, en actitud suïssa, és a dir, neutral.

—Digues alguna cosa —va instar-lo la dona.

—¿Què vols que digui? —va arronsar les espatlles—. Crec que tenen raó. Tant de bo jo tingués una excusa.

—Alfons!

La Paqui i la Maria es van posar a riure. Això va fer que la seva mare els tornés a disparar la seva descàrrega emocional, ara en el seu punt culminant.

—Que us quedeu aquí no vol dir que pugueu fer el que us passi pels nassos!, ¿eh? Només faltaria!

—¿Trucaràs cada cinc minuts o què? —va preguntar la Paqui.

—Doncs mira! —va amenaçar-la la Leo. I ho va intentar una altra vegada amb el seu marit—. Hauries d'obligar-les a venir, a totes dues!

—¿I veure-les tot el dia fent morros?

—Fantàstic! Em rendeixo! —es va aixecar, tirant la tovallola, tot i que sabien que la guerra continuaria fins divendres a la tarda, quan marxessin—. Però que consti que no em mamo el dit! Sembla mentida!

Va sortir del menjador, i va anar a la cuina a buscar les postres.

El seu pare va mirar-les una per una.

—Teniu molta barra —els va dir.

—Papa... —va expressar amb cansament la Paqui.

—No, si ho dic perquè em deixareu sol.

La Maria es va aixecar, se li va posar al darrere i el va envoltar amb els braços. A vegades era inflexible, implacable, cridava sense més ni més i s'enfadava com qualsevol, amb raó o sense. Però tenia el seu punt. I les adorava.

—Haig d'estudiar, de debò —va dir ella—, però també és veritat que des que la tia Francesca té aquella maleïda casa... Si fos per ella o per la mama, hi aniríem cada cap de setmana.

—És la seva família, i ja saps que sempre estan junts.

—Jo al·lucino —va manifestar la Paqui—. Entre ells, es maten; però junts... són capaços de lluitar contra el món sencer. Sort que nosaltres hem sortit com tu.

—És clar, perquè jo només tinc dos cosins i dues ties.

—Doncs això —la Maria va fer-li un petó a la galta.

—Però qui trucarà cada cinc minuts seré jo, ¿eh? —els va advertir el seu pare, recuperant el seu punt d'autoritat—. ¿O us penseu que em mamo el dit?

7

Ho va dir a l'Amàlia tan bon punt es van trobar, mentre caminaven en direcció a l'institut.

—Ahir se'm va acostar aquell noi, el rosset.

—¿De debò?

—Era al bar, i quan te'n vas anar tu...

—No fotis! ¿I què, i què? —es va disparar la seva amiga.

—Res —va voler treure importància al tema—. Es diu Lluís.

—No està malament. ¿Què et va dir?

—Volia proposar-me que actués a l'obra de teatre que estan muntant per a final de curs.

—¿Va a l'insti?

—Sí.

—Quines coses. Hauríem d'explorar-lo més, en comptes d'arribar a l'hora, no barrejar-nos amb la multitud al pati i tocar el dos quan el timbre ens anuncia que tornem a ser lliures. —Va canviar el to i l'expressió en adonar-se del que acabava de dir a la Maria—. ¿I et va proposar què?

—Actuar a l'obra.

—Ostres, molt bo —va admetre.

—No ho va dir per lligar. Em va assegurar que tinc fusta d'actriu.

L'Amàlia va mirar-la fixament, sense deixar de caminar l'una al costat de l'altra amb pas relaxat; sempre es trobaven cinc minuts abans de l'hora per poder xerrar una estona.

—¿M'he perdut res? —va vacil·lar, mig divertida mig incrèdula.

—No ho sé, però és actor, i els seus pares també. Ell ho deu saber. Crec que parlava seriosament.

—¿I tu què li vas contestar?

—¿Què volies que li digués? Doncs que passo, que no sóc actriu.

—¿I ja està? —es va sorprendre l'Amàlia.

—Sí.

—¿El vas deixar escapar així, sense més ni més?

—No el vaig deixar escapar —va replicar la Maria, sentintse dolguda—. Vam parlar una estona.

—¿I què?

—Res, tia —va engegar-li ella, amb l'evidència del que és natural—. Van ser cinc minuts.

—Però, ¿oi que està bo?

—És agradable.

—Està com un tren! —va insistir l'Amàlia—. Jo, si fos tu, no el perdria de vista. I no dic que no hagi descobert en tu... què sé jo, una candidata a l'òscar, perquè no m'estranyaria. T'he dit moltes vegades que el dia que et destapis... Però és evident que t'ho va proposar per alguna cosa més.

—Ahir a la nit vaig començar a llegir un llibre que estava llegint ell, *El filo de la navaja*. Em va dir que li agradava perquè volia ser com el protagonista.

—¿De què va la novel·la?

—D'un tio que es busca a si mateix, és honrat, bona persona, té ideals, somnis, esperances, renuncia a les coses materials...

—Prometre, no promet —va interrompre-la l'Amàlia—. I em refereixo a la novel·la.

—Doncs m'està agradant.

—¿La novel·la o ell?

—La novel·la! —Va fer un gest d'empipament—. Ja n'hi ha prou!, ¿d'acord?

—¿Per què no el portes dissabte?

—Sí, ja.

—Llavors passa pel teatre de l'insti, a veure com et va.

—Tu ho faries.

—Naturalment! I tu també, així que t'ho pensis una mica. Si no proves noves experiències...

Era cert. Ho havia pensat. ¿Per què no? Però no ho va dir a l'Amàlia. Per una vegada, es va estimar més quedar-s'ho. Tanta inseguretat l'estava fent massa vulnerable, davant els altres i davant ella mateixa.

—Dissabte... —va voler deixar de parlar del Lluís.

—Recorda que anem a caçar, ¿eh?

—És el que t'anava a dir. Els meus pares se'n van.

—¿Tot el cap de setmana?

—Sí.

—Genial! Vindré a dormir amb tu.

—¿Et deixarà, el teu pare?

—Tal com està actualment la situació, jo sóc el menys important dels seus problemes. No em controla gens i està molt afectuós... El meu pare té por de perdre'm a mi també, o que a la llarga em decanti per ella més que per ell, quan tot hagi passat i les coses tornin a la normalitat.

—Quin pal.

—Suposo —l'Amàlia va mirar a terra. La Maria no sabia d'on treia l'energia, tenint en compte el que estava passant—. Però et diré una cosa —va tornar a centrar la seva mirada en ella—, és la seva vida. Des que m'ho van dir, intento pensar que jo faria el mateix arribat el cas, i em refereixo a separar-me, no al que ha fet la meva mare. Si no hi ha res entre ells...

—També és la teva vida —va replicar la Maria.

—No —va ser rotunda—. En això t'equivoques. Només una vegada em vaig ficar en una de les seves discussions, i vaig parlar, vaig dir el que pensava. Tots dos em van demanar que no m'hi fiqués, que no en sabia res, i molt especialment que no els jutgés i tot aquest rotllo. De manera que em vaig prometre que no ho faria, i ho compleixo estrictament. És veritat: és la seva vida, i en el fons, encara que siguin els meus pares, són uns grans desconeguts. No puc ficar-me a la seva pell perquè tinc setze anys, ni puc saber què els mou, què els acosta o distancia, perquè no sé què és l'amor, ni he estat casada, ni he estat mare, ni sé de la missa la meitat. Jo no sóc com la Lali, que es creu que ho sap tot i munta uns ciris que flipes per mirar de solucionar el divorci dels seus pares. Jo sóc jo i aquesta és una guerra perduda, de manera que intento que el meu pare entengui que jo sóc la seva filla, que sempre ho seré i que sempre l'estimaré.

—Això és molt madur per part teva, però has de reconèixer que és força inusual.

—Doncs és el que hi ha.

—¿Com està ell?

—Pse! —va dir amb un gest sorrut—. Li passarà. Té un atac de banyes i prou.

—¿I ella?

—És una altra història —va sospirar, mentre se li esquerdava l'ànima per primera vegada.

—Algun dia hauràs d'anar a veure-la.

—Ja la veig.

—Em refereixo a la seva nova casa, en el seu nou ambient, amb aquell home. No pas cinc minuts i al carrer quan quedeu.

—No veig per què.

—Pel mateix que has dit del teu pare, perquè és la teva mare i sempre ho serà.

—Doncs bé que se'n va oblidar quan s'ho va muntar amb aquell imbècil.

—No el coneixes.

—Vinga, Maria —va fer un gest d'irritació—. És un executiu de merda que ha tingut dues dones i cinc fills amb elles. Estic segura que abans de dos anys tindré un germanastre, perquè la meva mare somia tenir un altre fill i començar de nou, i abans de tres ja l'haurà plantada per una altra. La meva mare és una somiatruites ansiosa a qui se li acaba el temps.

—¿No dius que no vols jutjar?

—Això no és jutjar, és el que hi ha.

—¿I si hagués estat el teu pare, qui s'ho hagués muntat amb una altra?

—Mira, és la manera de fer les coses, no qui o amb qui. I la meva mare ho va fer tot malament, a deshora, amb molt mala folla. Va tenir un patatús i, senzillament, va pixar fora de test. No va ser sincera.

—¿I què faràs quan ell es recuperi?

—¿Què et penses, que no sé que d'aquí a un o dos anys arribarà al límit i en portarà a casa una de vint ben disposada o una de quaranta superpotent?

—Dona, potser serà una de trenta força normal.

—Passo —va dir l'Amàlia—. Sigui com sigui, serà un mal rotllo; que em conec. Només espero que aquest dia jo ja hagi pogut obrir-me, perquè als divuit et juro que em buscaré una feina i adéu —va mirar-la de sobte i va afegir—: Podríem anar a viure juntes.

—I la pasta, ¿què?

—¿No t'he dit que treballaré?

—Però jo no. Vull estudiar.

—Pots estudiar i treballar. Bé, ja ho veurem, encara falta més d'un any —va dir amb disgust—. ¿T'agradaria?

—És clar. Seria fantàstic.

L'institut ja era dins del seu camp visual. Rius i més rius d'infants acompanyats de pares i mares, adolescents, autocars abocant cossos i cotxes amuntegats, convergien en la mateixa direcció. Tot just faltaven dos minuts per enfonsar-se en aquell immens brou, més aviat potatge, en el qual hi havia de tot.

—Va, torna'm a parlar d'aquest Lluís —va canviar el caire de la conversa l'Amàlia, recuperant el seu dinamisme indestructible—. ¿Com és de prop? ¿Ulls, somriure, detalls...?

8

L'última cosa que esperava la Maria era trobar-se amb el Lluís en acabar la darrera classe del dia.

I no es tractava d'un fet casual. Si el va ensopegar allà, al final del passadís de la tercera planta, era perquè l'estava esperant sense necessitat de dissimular-ho gaire. Ni tan sols mirava passadís amunt, ja que l'únic accés a l'escala passava per davant seu i era impossible no veure'l. Algunes noies ja li llançaven mirades gens dissimulades.

La Maria en va tenir prou d'aturar-se al seu costat.

—Hola.

—Ah, hola —va reaccionar—. T'estava esperant.

—¿A mi?

—¿Puc acompanyar-te?

—D'acord —va ser sincera, tot i que va sentir una mica de vertigen.

Quan tot just havien fet dues passes, la Maria va girar el cap. L'Amàlia corria cap a ella, per atrapar-la i fer el camí juntes. De fet, l'Amàlia s'havia aturat un moment al lavabo, i era per això que no estaven juntes. Quan la seva amiga la va veure amb ell, va frenar en sec.

La Maria no sabia què fer.

L'Amàlia, sí. Li va fer l'ullet, va alçar el polze de la mà dreta, va somriure i va deixar de caminar per no creuar-se amb ells ni entorpir-los la marxa.

La Maria es va posar vermella.

Van començar a baixar les escales.

—¿Com va l'obra? —va trencar el silenci.

—Bé. És bastant senzilla.

—¿Ja tens el repartiment?

—Gairebé. Per això sóc aquí. Encara tinc el teu paper lliure.

—No et rendeixes.

—No.

—Doncs jo no entenc com pots veure que estigui capacitada per actuar.

—M'he mogut sempre entre actors i actrius. Ja t'ho vaig dir. Tens alguna cosa.

—Sí, vergonya i por —va replicar ella amb una mica de conya.

—Si ho provessis no hi perdries res, i t'adonaries que no és tan difícil. Tot plegat consisteix a aprendre's uns textos, i mirar de recitar-los de la manera més natural possible.

—I el personatge, ¿què?

—Es dóna per entès que ficar-se a la pell del personatge és crucial, però fins i tot això és més fàcil del que sembla. Que no t'estic parlant d'un personatge de Shakespeare!

—¿Quan assageu?

—Un parell de tardes a la setmana. No és gaire.

Ja eren a la planta baixa. Van enfilar la sortida en direcció al pati, mentre desenes de nois i noies amb més presses que ells els desbordaven pels dos costats, enmig d'una cridòria que anava en augment a mesura que s'acostaven a l'exterior. En veure-la acompanyada, dues o tres companyes seves van observar-la amb interès.

—¿Per què no t'animes, dona?

—¿Quina mena de paper és?

—Una noia tímida que coneix el secret inconfessable de la seva germana gran.

—Doncs mira —va somriure la Maria.

—¿Tens una germana gran?

—Sí.

—¿Amb un secret inconfessable?

—No, tant no, però... —va pensar en l'impresentable del Ferran, el seu nòvio, i en el que arribaria a passar si la cosa anava de debò i el presentava als seus pares.

¿Era un secret conèixer el nòvio de la germana gran, i saber que el cap de setmana es quedarien a casa sols i lliures, encara que ella hi fos?

Van sortir al carrer gairebé sense adonar-se'n, i va ser la Maria qui va prendre la direcció de la zona on residia, sense consultar-l'hi. El Lluís havia dit «acompanyar-la», de manera que utilitzant l'expressió en el sentit literal, això equivalia al que era, és a dir, anar amb ella fins a casa seva. Durant cinc o sis minuts el diàleg va acabar esdevenint intranscendent. Tan intranscendent que, per moments, ella es va deixar de sentir veritablement immersa en la conversa, i es va submergir en els seus pensaments, que anaven i venien com la marea.

Mai no havia sabut què fer.

Aquella sensació de perdició contínua...

¿Què li agradava? Sabia el que no li agradava, però el que li agradava... Això era una altra cosa. I el més curiós és que havia passat les últimes setmanes, mesos, esperant alguna cosa, sense saber què era. Alguna cosa com, potser, allò del teatre.

S'ho va repetir diverses vegades: «¿Per què no?», «¿Per què no?», «¿Per què no?».

El Lluís, finalment, ho va notar.

—Sembles distreta.

—Pensava en la teva oferta.

—¿De debò?

—¿M'esbroncaràs gaire, si ho faig malament?

—¿Com vols que t'esbronqui, dona? Se suposa que ho fem per divertir-nos i de bon rotllo. Si no et mola, seràs la primera a marxar, i jo també reconeixeré que m'he equivocat. Som aficionats.

—Tu, no.

—Una mica d'experiència no és res, i menys en una cosa tan canviant i esbojarrada com el teatre. Oscar Wilde deia que «experiència és el nom que donem als nostres errors».

—¿Qui era aquest?

—Un escriptor molt famós i molt gai.

—¿Té a veure una cosa amb l'altra?

—No ho sé —va fer cara de circumstàncies—. En tot cas, sí que és veritat que els gais tenen una sensibilitat especial per a segons què: vestir, menjar, tot el que fa referència a l'art en qualsevol de les seves facetes, bon gust...

—¿Tens amics gais?

—Un —es va posar a riure—, i sens dubte és un negat per a l'art.

—Si em presento per al paper...

—Bravo! —va cantar ell.

—Espera, espera, no corris —va aturar-lo la Maria—. He dit que si em presento, en condicional, no que ho faré.

—Puc passar-te un llibret de l'obra perquè coneguis el teu personatge. El pots llegir el cap de setmana.

La Maria es va aturar en sec.

El Lluís no va saber gaire bé què fer ni què dir.

—¿Que passa res? —va xiuxiuejar insegur.

—És aquí —va dir ella.

El seu amic va alçar el cap i va comprendre.

—Oh! —va parpellejar, agafat per sorpresa.

—Ens veiem demà a l'insti i em dónes aquest llibret, ¿d'acord? —es va rendir la Maria.

—Perfecte —va assentir ell.

—Llavors... —va fer el gest d'entrar al portal.

—Espera, ¿em pots donar el teu telèfon?

—¿Per què?

Es volia fondre. Era la pregunta més estúpida del món.

—Per si t'haig de trucar un dia per alguna cosa de l'obra —va ser ràpid.

L'hi va donar.

Un minut després, tota sola entre el primer i el segon pis de l'escala, va reaccionar sense saber què estava passant, si havia de sentir-se feliç o no, convençuda o no, satisfeta o no, encara que ja fos tard i la sort ja hagués estat tirada.

¿Tremolava per això?

9

Divendres a la nit i no podia dormir.

Divendres a la nit, després de quedar-se a casa, estudiar, «portar-se bé», veure una pel·lícula a la tele i no complicar les coses per estalviar-se problemes l'endemà, quan sortís amb l'Amàlia.

La seva mare havia trucat, és clar.

I la bronca...

Encara ressonaven en la seva ment furibunda alguns dels comentaris de la seva mare, atrapada a casa de la tia Francesca i amb el cap com un bombo.

—¿Ho veus? M'han dit de tot, especialment la cosina Dolors, que si encara ets massa jove per quedar-te sola a casa un cap de setmana, que vés a saber què faràs, que tal com està tot avui dia...

—Mama, estic estudiant, i demà sortiré amb l'Amàlia, però res més! Ostres, ja està bé!

—Sí, sí; però jo, aquí, aguantant tota sola.

—Perquè vols! Passa ja de tant rotllo familiar, ostres, que sembleu un clan!

—Ai, mira, calla, ja en parlarem quan torni!

—A sobre!

De manera que, més o menys, la situació era conflictiva. La seva mare era una tia sensacional, oberta i intel·ligent, però en qüestions familiars... seguia ancorada en el passat i atrapada per aquell contuberni format per les seves germanes, les seves cosines i tots els altres. Cap pregunta sobre la Paqui, que sí que era fora. Els seus dinou anys li donaven patent de cors, ales, plena llibertat. Però ella...

Es va girar al llit, feta una fúria. No suportava que la controlessin, que la fiscalitzessin, ni que l'observessin tan de prop. Estava bé a casa, no tenia cap problema excepte aquelles friccions, però la idea de viure sola, amb l'Amàlia, un cop hagués fet els divuit o dinou, sonava tan bé.

Evidentment no pensava ser una menjapà fins als vint-i-cinc o els trenta, com les seves cosines Sònia i Helena.

La seva habitació no estava mai completament a les fosques. Dormia amb la persiana apujada, i fins i tot la finestra lleugerament ajustada, així que deixava de fer fred. Podia veure les estrelles, algunes llums procedents dels edificis pròxims, i sentia menys claustrofòbia. La seva germana gran, en canvi, si tenia la més mínima escletxa de llum, es despertava. En la penombra, va mirar el llibret de l'obra de teatre, situat a la seva taula de treball. Tenia gràcia, i no resultava gaire difícil. El seu personatge era divertit, sense necessitat de ser esperpèntic. Després d'haver-lo llegit, no ho veia tan complicat. Tan sols una funció amateur per passar l'estona i fer una cosa nova. Al cap li sonava sense parar la pregunta: «¿Per què no?», «¿Per què no?», «Per què no?».

Tornaven les veus, la de la seva mare...

—Doncs m'ha dit la cosina Dolors que ella t'hauria obligat a venir!

Inconcebible.

Algunes companyes seves, amb setze anys, ja sortien el divendres i el dissabte a la nit, i arribaven a casa a altes hores de la matinada.

És clar que també n'hi havia d'altres que tenien l'obligació de ser a casa a les onze, sense excuses. I totes amb el mòbil engegat, per poder estar localitzables. Per això odiava tant la dictadura del maleït telèfon i passava d'ell. L'única. No volia aquell control implícit sota la pantalla de la llibertat.

Es va girar una altra vegada, i llavors va sentir el soroll de la porta del pis.

La Paqui, amb el Ferran.

—Oh... no! —va gemegar.

Ni ell ni ella solien ser gaire considerats, i ho van demostrar tan bon punt van tancar la porta. Un crit ofegat, rialles, corredisses, comentaris del tipus «Vine», «No!», «Vols jugar, ¿eh?», «Au, estigues quiet, animal!», «Si és que no em puc aguantar...» i d'altres de semblants. Va mirar el rellotge. D'hora. Dos quarts de dues. El soroll va augmentar. Les protestes de la Paqui no eren sinó part del joc, i per això tenien raó de ser. Només una vegada va sentir que ella deia:

—Despertaràs la meva germana!

I ell va contestar:

—Deixa-la, potser així aprendrà alguna cosa!

No el podia veure. Era imbècil. Completament imbècil. Un hortera sense res al cap, sense classe, sense... Cabells curts, gairebé a l'u, la qual cosa encara accentuava més la seva cara de bèstia; rostre xuclat, angulós; orelles de pàmpol, nas carpetovetònic, ulls de mala llet, cadenat al coll; pinta de mala persona, realçada pel tarannà de perdonavides i la seva manera de parlar. I els tatuatges. Duia tatuatges. La Maria els detestava. Encara, una cosa discreta, en una espatlla, a l'esquena, o en un territori més íntim, al costat del melic... Però als dos braços, ben visibles, i lluint samarretes espantoses per ensenyar-los... I el Ferran era d'aquests. Multiplicat per deu. No entenia què hi podia veure la Paqui, ni per què perdia el temps amb aquell monstre. Va estar a punt d'aixecar-se del llit, sortir de l'habitació, plantar-se davant d'ells i dir:

—Vinga, va, ensenya'm el que he d'aprendre, estúpid!

Però es va quedar al llit, mig tensa per la situació mig avergonyida per la seva pròpia germana. No havia entès allò de la «vergonya aliena» fins aquell moment.

La Paqui i el monstre van continuar jugant uns quants minuts més. Cada vegada que ell l'atrapava, es produïa un silenci característic. Tornava el soroll i tornava el silenci. El nòvio de la seva germana devia anar molt cremat, perquè van arribar a l'habitació d'ella en un temps rècord. Un cop allà van seguir el joc, sense mostrar la més mínima cautela. Frases gruixudes, comentaris vulgars, tons picants. La Maria va pensar que si allò era l'amor...

—Vine aquí, que et faré sentir una dona.

—Ui, el meu llop!

—Nena, que bona que estàs!

—¿Tot això és per a mi?

—I més. Si és que em poses...

La Maria va ficar el cap sota el coixí.

Taps. S'havia de comprar taps per a les orelles. Allò era insuportable, una tortura, i no perquè ho estiguessin fent a l'altra banda de la paret, sinó per la forma i el fons, aquells crits esperpèntics, la desimboltura, la manca de tacte, la grolleria, la vulgaritat...

Es va estrènyer més i més el coixí contra les orelles.

I ni així no va aconseguir deixar de sentir-los.

La crescuda, els gemecs, els comentaris cada vegada pitjors, el soroll del llit, els crits.

Els crits finals del Ferran.

Com si es trenqués.

Tot just cinc minuts. Una eternitat per a ella, si bé probablement molt poc, poquíssim, per a la Paqui.

L'imbècil no aguantava gens. Era més el soroll que les nous. Genial.

—Vaja, ho sento —va sentir dir al Ferran.

—És igual, vine —va consolar-lo la Paqui.

—Dóna'm una mica de temps, em recupero i... És que anava molt calent.

—Que sí, home.

—Ostres, tia, si és que estàs...

Van callar.

Després de la tempesta, la calma.

Potser ara podria dormir, abans que ho intentessin de nou.

La Maria va tancar els ulls, va buidar el cervell del tot, va buscar la relaxació com a camí fins a la pau de l'esperit, va compassar la respiració. El seu pare, la seva mare, tota la família, la Paqui, l'hortera, l'Amàlia, el Lluís... ¿El Lluís?... van anar desapareixent del seu voltant.

Estava a punt d'aconseguir-ho.

Va obrir els ulls.

—Merda! —va sospirar.

Aquella nit seria llarga, molt llarga, per a ella i per a la seva germana, si al Superman li agafaven ganes de tornar-ho a intentar.

10

—Ahir vaig sentir la meva germana i el cavernícola fent allò.

—¿De debò? —va al·lucinar l'Amàlia.

—Tal com ho sents.

—¿I com va anar?

—¿Què vols que et digui? Per favor! Imagina-t'ho. Jo intentant adormir-me i ell dient frases del tipus «Com em poses, nena» o «Et faré sentir una dona».

L'Amàlia va esclatar a riure.

—Però si devia ser millor que una pel·lícula còmica!

—¿A l'altra banda de la paret, i amb la meva germana de

protagonista? No fotis, tu! ¿Te'ls imagines casats? ¿Tota la vida aguantant aquell bavós de merda?

—¿Que potser et penses que la teva germana es casarà amb el Ferran dels nassos?

—A vegades és així de burra.

—Vinga, va, explica —va insistir, maliciosa, l'Amàlia.

—¿Explicar? —la Maria va començar a emetre gemecs, esbufecs i crits, i al mateix temps feia també diferents cares en relació amb els sons—. Argf! Oh! Mmm! Uf! Ja!... Al cap de cinc minuts, tot havia acabat.

—¿Cinc minuts? —les rialles de l'Amàlia van esdevenir més sorolloses—. Què dius ara!

—El que sents.

—Genial, des d'avui li direm el Cinc Minuts!

—Et juro que m'hauria agradat aixecar-me del llit, aparèixer a la seva habitació i tallar-los el polvo.

—¿Per què no ho vas fer?

—Perquè sóc idiota! Em vaig quedar al llit, intentant dormir, però no vaig poder agafar el son per culpa de la baralla amb la meva mare! Sembla mentida que sigui tan oberta, i quan es troba amb la família...! I a sobre la Paqui no va tenir la delicadesa de no fer soroll!

—Potser es va pensar que dormies.

—Ja.

—O volia que ho sentissis.

—¿Per què?

—Sempre ha estat una mica gelosa de tu.

—¿I ara es venja fent-me escoltar els seus primers passos amorosos amb el cavernícola?

—El Cinc Minuts, recorda-ho.

—El que sigui, ¿creus que és això?

—¿Per què no? Ets més guapa, més intel·ligent, vols continuar estudiant; ella, en canvi, es va quedar aquí, des de sempre s'ha hagut d'empassar les comparacions o que et diguessin com eres de bufona davant seu... Això deu marcar un ou, tia. Ara és el seu torn. T'està dient a crits que ella ja és una dona, no perquè tingui nòvio, sinó perquè «fa allò», mentre que tu encara ets «una adolescent» —va dir les dues frases puntuals amb una certa sorna.

—Jo me l'estimo molt. No té cap necessitat de venjar-se de res.

—Potser és el seu subconscient.

La Maria no hi havia pensat.

Aquell matí, l'única cosa que sí que havia tingut van ser ganes d'anar-se'n com més aviat del pis, per no trobar-se amb el Ferran al passadís, a la cuina o al bany, ja que aquell tros de burro era capaç de sortir de l'habitació en calçotets, o en pilotes, passant de tot. Va dormir fins tard, massa i tot, malgrat que tenia molta son, i després ni tan sols es va dutxar. Vestir-se, menjar alguna cosa per esmorzar i sortir per reunir-se amb l'Amàlia. Els dos colomins, si se'n podia dir així, seguien dormint quan va marxar. Va obrir una mica la porta de l'habitació de la Paqui per comprovar-ho, i els va veure, o més aviat els va intuir, a través de la poca llum procedent del passadís, al llit desfet, ella de panxa enlaire i ell de bocaterrosa, despullats.

Evidentment, la Paqui s'havia tornat boja, i se la jugava.

Es va imaginar què passaria si, per un atzar del destí, els seus pares tornessin inesperadament i els trobessin així.

¿Què farien?

La Paqui ja era una dona. Potser no passaria res.

O potser sí.

Aquella continuava sent la casa dels seus pares. Sempre ho seria.

En adonar-se que aquell tema incomodava la Maria i la feia posar de mal humor, l'Amàlia va deixar de parlar-ne. En aturar-se al semàfor, va canviar de tema.

—¿La faràs? —va preguntar.

—¿Què?

—L'obra. ¿Et va agradar el llibret?

—No està malament —va reaccionar la Maria—. La veritat és que...

—Anima't —va ser sincera, la seva amiga—. No se sap mai.

—Ni tan sols sembla difícil. Vull dir que el meu personatge és molt com jo mateixa.

—Ja coneixes la meva teoria: cal provar-ho tot.

—¿Tot, tot...?

—Bé, el que es pugui. ¿I si resulta que ets magnífica i t'agrada?

—Només que pogués pujar dalt d'un escenari i fer-ho, ja em sentiria feliç. Aquest és el repte.

—Llavors, endavant. Confia en aquest noi.

—Tu vols que m'enrotlli amb ell.

—Que no, tia.

—Doncs aquesta nit sortiràs a fer això, a buscar un rotllo.

—Sortirem —va rectificar-la.

Van caminar novament carrer avall, sense cap direcció preestablerta, mirant botigues, aparadors, i també la gent que anava d'un costat a l'altre aquell matí de dissabte. La Maria va observar la seva companya, aquella naturalitat a l'hora de parlar i de moure's, la seguretat en cada acció. L'admirava. No sempre creia estar a l'altura. A vegades, tots els seus complexos es manifestaven amb tanta força que la deixaven atordida. I més des del dia del mirall.

Aquell dia havia arribat a sentir... inquietud.

—¿Continuaràs sent amiga meva el dia que t'enrotllis seriosament amb algú? —va preguntar de sobte.

—Jo puc perdre el cul per un tio, com qualsevol —va dir l'Amàlia—. Però les amigues són les amigues, i et juro que estan per damunt de tot. Els tios poden passar, perquè van i vénen; les amigues, no. Sóc de les que creu que són per sempre.

—Doncs la meva mare no conserva cap de les seves amigues de la infantesa.

—Ni la meva, ¿què té a veure una cosa amb l'altra?

—Res, és clar —va replicar la Maria.

—A més —va fer-li l'ullet—, no hi ha cap tio que valgui l'exclusiva al cent per cent, ¿no trobes? —tot seguit va donar-li un cop de colze—. Vinga, dona, que aquesta nit ens n'anem de marxa i estàs a punt de començar una prometedora carrera d'actriu! No estiguis tan seriosa...!

—He dormit poc —es va justificar.

L'Amàlia es va aturar en sec davant d'una botiga. L'aparador era ple de roba cridanera i primaveral.

—Eh, mira això!

Es van quedar enganxades a l'aparador, observant els diversos conjunts, pantalons, bruses, camises, samarretes, tops i la resta d'articles. I també els preus.

—La ruïna —va sospirar l'Amàlia—. Però m'emprovaré això!

Va estirar-la i la va arrossegar cap a l'interior de la botiga. El seu pare havia tingut el detall de regalar-li una targeta VISA. Per la Maria, això sí que tenia un caràcter diferencial, una connotació de plena maduresa. Una targeta de crèdit a canvi d'un divorci en tota regla.

En el seu cas, la Maria sabia que no valia la pena tenir-ne cap.

I més si al banc hi havia el mateix.

—Quina passada! —l'Amàlia va començar a agafar penjadors—. No la coneixia, aquesta botiga. Deu ser nova, ¿no? Oh, fixa-t'hi! ¿I aquest? Mira!

La Maria va veure com s'emportava mitja dotzena de peces. Estava segura que no se'n compraria cap, però això no tenia importància. Se les emprovaria totes. I potser l'obligaria a ella a fer el mateix. Bé, havien sortit a fer un volt, i això formava part del mateix concepte. L'Amàlia aconseguia gairebé sempre arrossegar-la i donar-li la volta, canviar-li l'estat d'ànim, fins i tot en moments tan indefinits com aquell.

Va desitjar riure, passar-s'ho bé, divertir-se.

Però alguna cosa l'ancorava al fons del seu oceà, i no la deixava sortir a la superfície.

Van entrar a l'emprovador. L'Amàlia es va treure la brusa i es va quedar amb els sostenidors. Es va posar una samarreta blanca, amb uns gravats molt fins de color crema. Després es va mirar al mirall.

—Maca, ¿no?

—És bufona.

—Sí, però no per anar amb sostenidors. Ajuda'm.

Es va apujar la samarreta i la Maria li va descordar els sostenidors per darrere. L'Amàlia se'ls va treure sense problemes.

L'havia vista despullada unes quantes vegades, al gimnàs de l'institut mentre es canviaven, o quan anaven a banyar-se, però aquella vegada li va semblar diferent. Ella estava diferent. I també l'Amàlia.

Més bonica, més dona, més increïblement atractiva.

Ni tan sols la Paqui podia comparar-s'hi, tot i tenir gairebé tres anys més que elles.

—Una mica cridanera, ¿no? —va canviar d'expressió l'Amàlia.

—Sí.

—Fora. A veure aquesta.

Es va treure la samarreta.

Tenia uns pits molt bonics, perfectes, amb la corona lleugerament sortint i el mugró ple de desafiament, mentre que els seus amb prou feines sobresortien. L'Amàlia es va posar una altra peça, aquesta vegada un top també ajustat, que li deixava el melic i el piercing platejat adherit a aquest a l'aire lliure.

—Uau! —va cantar la noia—. Amb això faré estralls.

—Tu fas estralls igualment, et posis el que et posis —va dir la Maria.

—Sí, ¿oi? —va mostrar-li un somriure d'orella a orella l'Amàlia.

Potser era més compulsiva des de l'afer dels seus pares.

Potser necessitava no aturar-se mai.

Potser era el seu complement perfecte i l'adrenalina que necessitava per no quedar-se enrere.

Però a la Maria li va semblar que, sense ella, res a la vida no podia tenir sentit.

Era la seva amiga, gairebé més que la seva germana, el seu tot.

I ho va saber amb més claredat que mai en aquell instant.

11

A la carpa, sota la nit estrellada i primaveral, gairebé preestiuenca, la massa humana es movia seguint diversos impulsos bàsics. Els qui ballaven ho feien al ritme de cada tema, lliures, desinhibits, feliços en els seus gestos sincopats i a vegades impossibles. Els qui pul·lulaven al voltant de les diferents barres, bevent o xerrant, reien i compartien moments, mirades, frecs, esperances o consumacions, segons l'estat de cadascú, i feien de la nit el punt d'inflexió màgic, com si hi hagués un abans i un després de cada ritual. I, finalment, els qui esperaven o havien vingut a caçar, els qui observaven o eren observats fingint indiferència, constituïen l'equilibri perfecte, els qui anaven d'un costat a l'altre i donaven vida i vitalitat al conjunt.

La Maria i l'Amàlia formaven part d'aquest darrer grup.

L'Amàlia era qui anava al davant, qui marcava el camí a seguir, qui s'aturava o reprenia la marxa, qui mirava directament i apartava els ulls quan caçava una presa, o qui fingia no ser vista i passava un parell de segons decidint si el repte valia la pena o no. La Maria reconeixia que era una mestra, massa visceral gairebé sempre, massa fulminant, però ideal per a una nit d'emocions.

Però ella no sentia que necessités emocions.

—¿Què vols que et digui? —va rondinar llavors l'Amàlia—. El lloc està bé, però bon bestiar, allò que es diu bon bestiar, no és que n'hi hagi gaire.

—Només falta que els miris les dents —va dir la Maria.

—Oh, si pogués.

Cadascuna duia el seu got a la mà. Refrescos, sense alcohol, per controlar. Ja se'ls havien acostat dos individus, un a l'entrada i un altre prop dels lavabos, per oferir-los pastilles. Més d'un ja presentava els símptomes de la penjamenta «pastillera»: pupil·les dilatades, llavi inferior tremolós, suor imparable i riure poca-solta. Cap de les dues no ho podia suportar, de manera que aquests no comptaven. Terreny vedat. L'Amàlia va recordar una cosa.

—¿I els teus pares? ¿Els has dit res?

—¿Que t'has tornat boja?

—Trucaran, segur.

—Hi ha la Paqui. Els dirà que dormo.

—¿Et cobrirà?

—Com a mínim. Només faltaria.

—Però si insisteixen...

—Doncs me la carregaré, ¿què hi farem? —es va resignar.

—Així que la teva germana s'ha quedat amb el Cinc Minuts.

—Sí, filla, sí —la Maria va fer cara de pomes agres.

—¿Que es passen tot el dia fent-ho o què?

—Si és que els ha agafat fort. Però tenint en compte el que dura ell...

—Ja són ganes de tio.

—A vegades em pregunto com deu funcionar el mecanisme de l'amor —va reflexionar la Maria—. Per què un tio et mola i un altre no, per què un fa que se't dispari el cor i un altre no...

—Ja saps què en penso: és pura química. El cor no hi té res a veure.

—Doncs en el cas de la Paqui i del Cinc Minuts, deuen tenir uns fosfats, uns àcids o el que sigui, que es posen en ebullició així que es veuen.

—¿Què et sembla aquell? —va indicar l'Amàlia.

—¿Quin?

—El de la camisa blanca.

—No. —La Maria va ser rotunda.

—Escolta, que ho deia per a mi.

—No —va repetir.

—Tu i el teu gust —va creuar els braços l'Amàlia.

—Tu i el teu baix nivell —va respondre-li la Maria.

Van continuar movent-se. Van veure com una noia utilitzava el truc més vell del món, almenys en una discoteca, per entaular conversa amb un noi: demanar-li foc per al cigarret. Això, per descomptat, implicava fumar. Una mica més enllà, un altre noi feia servir la tàctica de l'amabilitat, i lluitava amb totes les seves forces a la barra per aconseguir dues begudes, una de les quals era per a la noia que s'esperava a prop seu amb aire avorrit. No gaire lluny, una bellesa d'immensa cabellera castanya reia tirant el cap enrere, per mostrar l'esveltesa del seu coll de cigne i la perfecció d'unes dents immaculades. Al costat d'una columna, dues noies com elles, però molt més joves, observaven el panorama, i a unes quantes passes, dos nois discutien sobre les seves possibilitats respecte a les dues.

Una selva, en la qual tots eren caçadors i preses al mateix temps.

El gran joc.

Com diu un cèlebre disc dels Rolling Stones, «tan sols era diversió, però els agradava».

De sobte, l'Amàlia va etzibar un cop de colze a la Maria.

—Mira aquell!

Aquesta vegada no va haver de preguntar de qui es tractava. El noi estava realment potent. Somreia, tenia els cabells arrissats, duia una samarreta ajustada que modelava la seva bona figura i ja feia gala d'un evident bronzejat preestiuenc, que lluïa com a bandera de la seva posició. Al seu costat, un company el feia destacar encara més des de la seva absoluta discreció.

—No està malament —va dir la Maria.

—¿Que no està malament? ¿Però què dius, experta? No m'importaria gens fer-li un favor.

—Recorda que dormiràs a casa meva. Espero que no em portis tu també un altre Cinc Minuts.

—Aquest dura més, segur.

—Caram! —es va posar a riure, amb incredulitat, la Maria—. Qualsevol diria que vas cremada.

—Doncs mira —l'Amàlia es va posar a tremolar com si li hagués agafat alguna cosa—, ¿què vols que et digui? Començo a estar-ho. ¿No hem vingut a caçar? A l'atac! Em pica el cos! Vull que els meus fosfats i els meus àcids i els meus no sé què químics entrin en reacció amb els seus! Som-hi!

—Espera, espera, vés-hi tu!

—Ni parlar-ne! Totes dues! —va estirar-la—. Potser li agrades tu, i jo, com a bona amiga que sóc, em retiro!

—Però no deus voler plantar-t'hi al davant i parlar-li, ¿oi?

—¿Per què no?

—Perquè no!

—Doncs anem a ballar a prop seu, perquè vegi les meves meravelloses i exòtiques remenades de cul. ¿Què t'hi jugues que el sedueixo?

Ja no va poder retenir-la més ni evitar que es deixés portar pels seus instints. Van passar per entremig dels cossos més propers fins a arribar a la pista, prop del lloc on hi havia el seu objectiu, i es van posar a ballar.

L'Amàlia, de cara a ell.

12

La Maria va obrir la porta de casa seva sense fer cap soroll, a poc a poc, primer girant la clau a càmera lenta, després entrant a dins i, finalment, tancant el batent de fusta amb la mateixa prudència. Un cop fora de perill, totes dues van parar l'orella.

—No se sent res —va xiuxiuejar l'Amàlia.

—Potser ja han acabat.

—¿Segur? Anem-ho a veure.

—Ssst...! —va retenir-la la Maria—. No siguis bèstia!

—Deixa'm que obri la porta i li faci un cop d'ull en boles, va!

—Amàlia!

Es van posar a riure, però ofegant els sons que pugnaven per sortir de les seves goles. En aquell moment no eren sinó dues esbojarrades que tornaven d'una nit de gresca, i ho sabien. Dues esbojarrades amb l'ànim disparat i el repte per bandera.

—L'ejaculador precoç ataca de nou! —va brandar un puny l'Amàlia.

—Calla! —es va rebentar encara més de riure la Maria.

—Oh, Paqui, nena, em poses a mil!

—Es despertaran i serà horrible, sisplau!

—Oh, Déu meu, és veritat! —se'n va adonar l'Amàlia—. Llavors tornaran a gemegar i a bavejar i... Ssst..., vinga, no facis soroll! Tot i que estaria bé armar una mica de rebombori, perquè ens envegessin a nosaltres.

—La meva germana seria capaç d'entrar a veure què passa.

—¿Ho faria?

—És clar, per protegir-me i salvaguardar la meva puresa virginal d'adolescent.

—Com es pot ser tan fastigosa! Ella pot, i tu no!

—Bé, organitzem-nos —la Maria es va aturar a la sala—. El primer és el primer.

Se'n va anar cap al contestador automàtic amb els dits creuats. Es va tranquil·litzar en veure que no hi havia cap missatge dels seus pares, ni gravat ni anotat al bloc situat al costat de l'aparell. Va respirar amb força, més alleujada.

—Escolta —va dir-li l'Amàlia—, necessito dutxar-me, o no podré dormir amb aquest tuf de tabac al damunt.

—Jo també.

—Doncs apa!

Van anar al bany, van entrar a dins i van tancar la porta. La Maria va agafar dues tovalloles i en va allargar una a la seva companya.

—¿Qui es dutxa primer?

—M'és igual.

—Fes-ho tu.

Es van despullar a l'uníson. La Maria es va acostar al mirall i l'Amàlia es va ficar a la dutxa.

—¿Tens cap gorra de bany per aquí? No saps quina sort tens a vegades de dur els cabells tan curtets —va sospirar l'Amàlia—. Faran pudor igualment, però és que si ara em poso a eixugar-me'ls...

La Maria va buscar el que li havia demanat. Ho va trobar sense problemes entre les coses de la seva mare i l'hi va allargar. La seva amiga es va amagar la mata de cabells gairebé pèl-rojos sota el plàstic, alhora que estirava els braços cap amunt, de manera que se li va estilitzar encara més la figura. Totes dues estaven completament nues.

Després, l'Amàlia va córrer una mica la cortina, va obrir les dues aixetes, va regular l'aigua calenta i la freda, i es va situar sota el raig de la dutxa.

Davant del mirall, en el qual es reflectia l'angle que la cortina no cobria, la Maria podia veure-la.

L'aigua li queia pel cos, siluetejava les seves formes, formava rius infinits a la pell, al coll, als pits, a la cintura, als malucs, a les cuixes, al sexe...

—Mira que si ara entrés el Cinc Minuts.

—Ai, calla! —la Maria va mirar la porta, incòmoda.

Va tornar a centrar l'atenció en el mirall, fins que va apartarne els ulls.

Una altra vegada allà, al mateix lloc que uns dies abans, amb la diferència que ara no estava sola, i a l'altra banda del mirall, a més d'ella mateixa, hi havia l'Amàlia.

Aquella inquietud multiplicada per mil.

El neguit.

—Ja estic! —l'Amàlia va córrer la cortina, va agafar la tovallola i va començar a eixugar-se.

Va sortir de la banyera.

—¿Tu creus que em trucarà? —va preguntar.

—Ja ho crec que et trucarà. L'has deixat enlluernat.

—¿Oi que sí? —va fer cara de malvada—. Llàstima del nom.

—¿Què té de dolent, Baltasar?

—¿Que què té de dolent? Com se'ls va poder acudir a uns pares normals dir-li Baltasar a un noi tan potent!

—Quan va néixer, no sabien si seria potent o no.

—Doncs és un crim. S'hauria de dir... Daniel, o Sixte, o Alexandre. Sí, Alexandre. És rotund. ¿M'eixugues l'esquena?

La Maria va obeir. Va agafar la tovallola i li va fregar l'esquena amb delicadesa, retirant-li les darreres gotes d'humitat. La pell de l'Amàlia també era suau, i les pigues formaven un singular dibuix de rodonetes sobre aquell continent harmònic. Quan va acabar, qui es va ficar a la dutxa va ser ella. L'Amàlia es va asseure en un tamboret i es va treure la gorra per espolsar-se la cabellera.

—Bromes a part, m'agrada —va reconèixer.

—Està molt bé.

L'aigua li va inundar el cos. Va mirar per entremig de l'extrem de la cortina, en direcció al mirall, però l'Amàlia no la mirava com havia fet ella. S'estava inspeccionant les mans. Després va passar als peus.

—La veritat és que volia guerra —va sentir dir a la seva amiga entre el soroll de l'aigua que queia cap avall—, però no esperava conèixer ningú que m'agradés.

—Així, doncs, t'ha tocat el cor.

—No ho sé. Me l'està tocant. Ja ho veurem.

La Maria va sortir gairebé de seguida. Es va eixugar el cos amb la tovallola i, sense dir-li res, l'Amàlia es va aixecar per eixugar-li també a ella l'esquena. Mai no havia sentit les seves mans d'aquella manera a la pell. Mai no havien fet allò als vestidors, després de la classe de gimnàstica, ni a l'estiu; però sí que s'havien posat crema solar a la platja, que era tant com una carícia.

Però mai no ho havia sentit com una carícia.

Fins aquell moment.

—Si no em truca, la setmana que ve tornaré a aquell lloc —va dir l'Amàlia—. Ja està.

Es van embolicar amb les respectives tovalloles, per si de cas el Cinc Minuts sortia de l'habitació de la Paqui, i van recollir la seva roba. Van travessar el passadís a tota velocitat, descalces, i van entrar als dominis de la Maria. Un cop fora de perill, van deixar la roba i es van treure les tovalloles. La propietària del lloc es va posar el pijama. L'Amàlia es va estirar despullada al llit i es va espolsar la mandra.

—¿Vols posar-te alguna cosa? —va oferir-li la Maria.

—No. Dormo despullada.

—¿Pots?

—¿Per què no? No m'agrada sentir res a la pell quan estic al llit.

Va ser la primera a ficar-se sota el llençol. La Maria va fer el mateix. El llit era estret, per a una sola persona, amb la qual cosa inevitablement havien d'estar molt juntes, tocant-se. Van quedar situades cara a cara, separades tot just per uns centímetres, disposades a continuar parlant, sense gens ni mica de son. Amb el primer frec, l'emoció de la Maria va esdevenir pau. El que va sentir va desmuntar-la una mica més. Era com si el seu cap i el seu cos es dissociessin i se separessin en dos universos paral·lels. Estava contenta de tenir-la allà. Estava contenta d'aquella nit. Estava contenta de tot allò. Estava contenta fins i tot que hagués lligat. Però les seves emocions, sense mesura, sense res que les temperés, la sacsejaven i l'esmicolaven.

El mirall.

El maleït mirall.

¿A quina banda es trobava ara ella?

—¿Què penses? —va xiuxiuejar l'Amàlia.

—En la teva sort.

—Au, vinga!

—Ets bonica, tens ganxo... Fixa't com ha caigut el Baltasar.

—Bah, això no és res! Lligar és fàcil. Retenir sí que és difícil. Allò que avui et sembla de color blau cel, demà ho veus ennuvolat. No et pots imaginar la quantitat de ties que al cap d'una setmana et diuen: «No sé què li vaig veure. ¿Com em va poder agradar aquell idiota?».

—Espero que la Paqui digui això algun dia.

—Ens passarem la nit xerrant, ¿oi? —es va estremir d'alegria l'Amàlia.

—Ens adormirem.

—És igual —va arronsar les espatlles—. Però abans...

Va moure una cama, es van fregar les cuixes. Les mans de la Maria estaven quietes, sense saber on agafar-se. L'Amàlia, en canvi, va recolzar la que tenia lliure sobre el maluc de la seva companya.

—Vinga, explica'm de què va l'obra i quins plans tens amb el teu actor —va animar-la, decidida a fer el que havia dit, obrir la nit en canal.

13

La «companyia» no era excessiva, i segons el Lluís, encara hi faltaven dos «actors» més, però per interpretar personatges de menys pes. La Maria va comptar set elements, a més d'ells dos, quatre noies i tres nois. Tot i que eren de l'institut, no els coneixia.

—Aquesta és la Maria —va presentar-la el Lluís—. Farà el paper de Lucrècia.

Compartien alguna cosa, potser un somni, potser una passió, potser un simple passatemps, però formaven un equip, sense competències, sense mals rotllos ni mirades dubtoses. Se'n va adonar de seguida. El Lluís va pronunciar els seus noms en veu alta: Carme, Lluïsa, Antoni, Pili, Fontsanta, Marc i Pau.

Després, va començar l'assaig.

Estava nerviosa, i si bé es va treure de sobre gran part de la responsabilitat que la turmentava, no va poder suprimir del tot aquella capa de respecte que li provocava el fet d'actuar en un escenari davant d'un públic de debò, per més predisposat que estigués a l'aplaudiment generós i la lloança fàcil. Es va equivocar un parell de vegades, es va desesperar un altre parell més, va perdre els nervis, els va recuperar, va pensar que valia més sortir corrents, va restar quieta esperant que li passés l'atac de pànic, va obeir el Lluís, i a poc a poc, al llarg d'aquelles dues hores, va aconseguir que passés l'inesperat: que se sentís còmoda i que fins i tot arribés a passar-s'ho bé, que s'oblidés que era la Maria Pardo Fuster i es convertís en Lucrècia, la noia tímida que a l'obra provocava un embolic de mil dimonis entre el protagonista masculí, el mateix Lluís, i la Fontsanta, la seva nòvia en la ficció.

El Lluís era bo.

Tenia mà esquerra, sabia ensenyar; era afectuós, flexible, amable i, al mateix temps, ferm i contundent. Sabia què volia, com demanar-ho i de quina manera aconseguir-ho. Entenia que cap d'ells no passava de ser el que era: un principiant jugant a fer d'actor o actriu. Abans que res, repetia, eren allà per passar-s'ho bé, per fer una cosa diferent, per no ser, per una vegada a la vida, públic, sinó protagonistes. I, de tant en tant, afegia:

—Qui sap si algun dia recordareu això com el primer pas d'una prometedora carrera.

Llavors mirava la Maria amb aquell somriure de nen gran, encantador, lluminós i càlid.

La Maria compartia unes quantes escenes amb la Fontsanta, de manera que totes dues van començar a parlar, a comentar detalls, dins i fora de l'assaig. La Fontsanta devia tenir un any més que ella. Era una noia alta, de faccions molt marcades, com si algú l'hagués cisellat a consciència. Ulls profunds, intensos, coronats per espesses celles; nas rotund, però no gran; llavis dibuixats amb una simetria sorprenent i d'un evident to lleugerament més fosc, natural. El més espectacular era la seva cabellera negra, lleonina. La duia encara més com a bandera que la coloració pèl-roja de l'Amàlia. La Fontsanta tenia caràcter. I un cos d'acord amb la seva personalitat: pits grossos, formes plenes de corbes i contracorbes, poder i una feminitat aliena a manies com ara l'obesitat, que podia amenaçar-la de gran a causa de la seva estructura òssia. La Maria va pensar que la paraula que la definia més bé era *luxúria*. Sí, la Fontsanta desprenia luxúria, però no en excés, sinó com a part de la seva pell, de la seva manera de ser, sense premeditació. La feina d'actriu li anava com anell al dit. Omplia l'escenari, la seva veu era un flagell, reia amb la boca oberta i plena de ganes, i mirava en silenci amb una intensitat que, quan s'enfadava, segurament devia produir esgarrifances.

Una mica, la Maria es va sentir com si l'agafés al seu càrrec.

—Si el Lluís diu que tens fusta, és que tens fusta.

—No ho crec.

—Tu fes-li cas. Té un do.

—¿Fa gaire temps que el coneixes?

—Hem estat al mateix curs des dels catorze.

—Sembla bon tio.

—És bon tio —va remarcar la primera paraula.

Tornaven a actuar, a rebre les indicacions del Lluís, a posar-se serioses, a riure, a esperar, a recitar. Elles dues i la resta. L'Antoni era un esbojarrat divertit. La Pili anava de sexy. El Pau, el Marc, la Carme i la Lluïsa mostraven els seus contrastos entre la seriositat del primer i els acudits constants de l'última. Van ser les dues hores més ràpides des de feia temps. Ràpides i felices. Quan es va acabar l'assaig, la Maria estava sorpresa.

I feliç.

—¿Com ha anat? —va preguntar-li el Lluís immediatament, quan va poder agafar-la tota sola.

—Bé.

—Jo diria que molt bé —va assegurar el noi—. Ja t'ho vaig dir.

—Vaja, ara no llancem les campanes al vol.

—T'haig de comentar algunes cosetes. ¿Vas a casa teva?

—Sí.

—¿T'hi acompanyo?

—D'acord.

Van començar a recollir. Els altres ja se n'havien anat, o bé caminaven per la platea del teatre escolar cap a la sortida. Dalt de l'escenari, tan sols hi quedava la Fontsanta. La Maria es va sentir observada per ella.

Va girar el cap.

La seva nova companya va somriure.

—Fins aviat —es va acomiadar la noia.

—*Ciao*, i gràcies —va dir la Maria.

La mirada es va resistir a desaparèixer. Es va mantenir, insistent, persistent. La Maria es va penjar la bossa a l'espatlla. El Lluís ja tenia els seus eterns llibres a la mà. Van baixar per l'escaleta lateral. La Fontsanta es va quedar a dalt.

I la Maria va continuar sentint aquella intensa mirada, clavada a la seva esquena.

Seguia allà, en la seva pell, quan tots dos, ja fora del teatre, van començar a caminar sense presses.

EL SEGON ELEMENT

14

DE NOU, DAVANT DEL MIRALL.

Com un imant, poderós, absorbent, capaç d'hipnotitzar-la d'aquella manera tan peculiar.

Ella i ell.

Uns dies abans, la inquietud, el desconcert i les preguntes. Ara, a més, els dubtes, els misteris que la visió del seu propi jo nu li produïa. Més que una imatge emesa una milionèsima de milionèsima de segon abans, el que li colpejava els ulls era una imatge desconeguda, procedent d'un passat remot, que anava cap a un futur insòlit.

—Vinga —va dir a la noia del mirall—. ¿Qui ets?

S'hi va acostar fins a quedar situada tot just a uns quants centímetres de la superfície polida. La imatge, deformada per la proximitat, va esdevenir imperfecta i totalitària. El seu alè va formar un lleuger baf al vidre. Per la part de la dreta es veia la banyera, la cortina, l'espai a través del qual havia vist l'Amàlia dutxant-se dissabte a la nit. Una fotografia quieta, retinguda al pensament.

Tan bonica.

Tan inquietant.

Va tancar els ulls, es va apartar del mirall, es va cobrir amb la tovallola i va sortir del bany en direcció a la seva habitació. Un cop dins, va deixar caure la tovallola a terra i es va veure reflectida en l'altre mirall. El llit que va compartir amb l'Amàlia dissabte, rient i parlant fins que van acabar esgotades i es van adormir, era de sobte un aliat silenciós i conspicu.

El mirall de la seva habitació era diferent.

Ella, no.

—Digue'm una cosa —va demanar al seu altre jo.

¿Per què a vegades odiava el seu cos? ¿Per què a vegades era al contrari?

¿Per què, aquella nit, el que desitjava era una carícia?

Encara que fos de la seva pròpia mà.

—¿Què sents? —es va preguntar.

Va recordar el dia que s'havia inspeccionat el sexe, per coneixe's millor, com havia dit aquella experta del programa de televisió. Ella i «el bonic monstre de bellesa pura». Primer, el mirallet. Després, explorant-lo amb els dits. Finalment, el desig i els dubtes. Llavors va allunyar-los del seu cap, però en algun moment hauria de seguir endavant. Hi havia tantes llacunes en el seu passat i en el seu present, que no volia arribar al futur sentint-se com un formatge gruyère. Per començar, aquell tema important i essencial: mai no s'havia masturbat.

¿Per què? ¿Per por? ¿Per la seva educació catòlica?

¿Ho feien totes les noies? ¿Quan? ¿Com? ¿A quina edat començaven?

¿Ho havia fet l'Amàlia?

La Maria continuava estant dreta, immòbil davant del mirall, i com si fos una altra persona, una vegada més, va veure que la noia que hi havia davant seu movia la mà dreta fins a arribar al sexe. Primer, els dits es van enredar entre el pèl púbic. Després van baixar una mica més i es van endinsar en la foscor vaginal. Es va obrir una mica, lleugerament. Els dits van notar la humitat i la sedositat d'aquell món desconegut i que, no obstant això, formava part de si mateixa. Els seus ulls es negaven a mirar cap aquest lloc, seguien estant pendents del seu propi reflex al mirall. Buscaven l'absència, evitaven la direccionalitat del reconeixement i l'acceptació. La noia del mirall s'estava tocant. Ella, no. La noia del mirall començava a sentir una cosa diferent, agradable. Ella, no. La noia del mirall es va estremir i va deixar que els dits es moguessin més i més rítmicament, a poc a poc.

El primer indici de plaer la va atordir.

El segon va fer que tremolés una mica més.

Va aconseguir apartar els ulls dels seus ulls. Es va mirar el sexe, la mà. Després, el llit. Ho podia haver fet a la banyera, ensabonada. Podia fer-ho al llit, estirada. Estava segura que ja era fàcil. Tancar els ulls i deixar-se portar. N'hi hauria prou amb una imatge al pensament.

Un actor guapo, o el Lluís, o...

¿Per què hi apareixia l'Amàlia?

Va obrir els ulls, es va veure de nou i, de sobte, es va sentir vulgar, culpable, torturada per pors desconegudes, que sortien a la superfície com si fossin suros alliberats de la part més profunda del seu ésser.

La seva mà va perdre aquell compàs cada vegada més cadenciós.

Va sortir de l'entrecuix.

Se la va acostar al nas, es va olorar els dits. Mai abans havia olorat la seva pròpia essència. Tenia gust d'ella i, tanmateix, era la primera vegada que ho notava i s'adonava d'aquella nova sensació.

¿D'allò se'n podia dir «coneixe's a si mateixa»?

I si era així, ¿per què vacil·lava?

Mai no havia arribat tan lluny.

Llavors va sospirar i es va rendir.

Va abatre el cap sobre el pit, va deixar caure les mans a banda i banda del cos, i va apartar els ulls de la dona del mirall.

Aquella gran desconeguda.

Se'n va anar al llit i va agafar el pijama amb la sensació que havia perdut una oportunitat important, encara que no fos l'última. Tenia els mateixos dubtes, inquietuds, angoixes i preguntes, però ara amanits amb aquella por que la paralitzava i no la deixava pensar amb lògica.

Alguna cosa, dintre seu, estava cridant.

I no sabia què era ni per què ho feia.

Quan es va ficar al llit, va mirar l'espai que dissabte havia ocupat l'Amàlia, i llavors va apagar el llum.

Probablement la noia del mirall va sentir com plorava, tot i que ho va fer tan silenciosament com va poder.

15

El Lluís l'esperava a la boca del metro, de manera que, quan el cop d'aire procedent de l'interior del soterrani la va impulsar, esvalotant-li la faldilla, enmig d'una ràfega violenta d'aire càlid, amb prou feines va tenir temps de recompondre-la abans que ell la sorprengués girant el cap.

En veure-la, el noi va eixamplar un somriure de satisfacció.

—Hola —va saludar-la.

La Maria no va saber gaire bé què fer, i de fet es va alegrar que el Lluís prengués la iniciativa, acostant-se per fer-li un petó a cada galta, primer a l'esquerra i després a la dreta. El noi va fer al·lusió al gest amb el comentari següent:

—Sort que no visc a Llatinoamèrica.

—¿Per què?

—Perquè en alguns països, com Colòmbia, només es fan un petó.

—Doncs en d'altres se'n fan tres —va dir ella, resistint la insinuació.

—Vaja.

Es van posar a riure i, a continuació, sense afegir cap altre gest, van començar a caminar, més per allunyar-se de la boca del metro que per dirigir-se cap a algun lloc concret, tot i que, després, ell va prendre la iniciativa de travessar el carrer aprofitant l'absència de trànsit i va fer que ella el seguís. En arribar a l'altra banda, el Lluís va evitar que sorgís el més mínim silenci incòmode.

—¿Com està l'Amàlia?

—Una mica més bé. Es tracta tan sols d'una grip primaveral. Ella i les seves al·lèrgies.

—Estic content que estigui malalta —va anunciar ell amb malícia.

—¿Per què? —es va escandalitzar la Maria.

—Perquè així has volgut sortir amb mi.

—No siguis beneit.

—Sou inseparables.

—Perquè som amigues íntimes i ho compartim tot. L'estrany ets tu.

—Sóc un solitari.

—Doncs no ho entenc.

—¿Per què?

—Perquè no tens dos caps ni tres nassos.

—Ja, però diuen que els genis som estranys.

—Ui, ui —es va burlar la Maria.

—D'acord, no sóc cap geni. Però no hi ha gaire gent que em segueixi el corrent.

—¿No tens ningú a qui puguis explicar-li les teves coses o amb qui puguis compartir un secret?

—Sóc bastant reservat. No explico mai res a ningú.

—Això no és ser reservat —va dir ella—. Això és ser tancat.

—Potser sí —es va resignar ell.

—No és normal guardar-s'ho tot a dins.

—¿L'Amàlia i tu us ho expliqueu tot?

—Sí.

—Doncs deu ser maco —va dir.

—Ho és. Jo no podria anar per aquests mons de Déu com una ostra.

—Però és impossible obrir-se completament, ni tan sols amb la teva millor amiga.

—T'equivoques.

—Pot ser que hi hagi alguna cosa que no es pugui explicar.

Això la va fer reflexionar. Hi havia alguna cosa. Ni tan sols a l'Amàlia li explicava com se sentia, què li passava, la mena d'estranys pensaments que li venien a la ment i la manera en què, de sobte, es feia preguntes. Tampoc no li havia dit res del mirall, dels seus dubtes, dels seus sentiments, de tot allò que la travessava de dalt a baix. No li havia preguntat si ella, alguna vegada, es masturbava, ni quan va ser la primera vegada, si ho feia sovint o en què pensava.

Encara li feia vergonya.

—¿On anem? —va canviar de conversa.

—Vam quedar que aniríem al cine, ¿no?

—Ah, sí, perdona.

—Si no et sembla bé, podem anar a algun altre lloc.

Va tenir por. Una de les seves pors sobtades i intuïtives. Tota la tarda amb el Lluís, parlant i parlant, passejant o prenent alguna cosa en una terrassa.

Ni tan sols va saber el motiu d'aquell pànic sobtat.

—No, no, el cine m'agrada molt —va voler deixar clar.

—D'acord. Si no, acabaríem parlant de l'obra —va manifestar ell.

—Si vols. Per mi...

—No! —va fer un gest com si apartés alguna cosa—. Ja n'hi ha prou amb els assajos.

—Però si és el teu món.

—Per això mateix. Val més que no t'hi fiquis. Sé que sóc molt pesat, que resulto avorrit.

—I diuen que jo em castigo la moral.

—¿Qui ho diu?

—L'Amàlia.

—Hauré de parlar amb ella.

—¿Per què?

—Perquè m'expliqui coses.

—Treu-t'ho del cap. —Va somriure amb aplom.

El multicine ja estava a la vista. Onze sales. Un eixam de nois i noies adolescents, en grup o en parella, més uns quants pares i mares amb nens i nenes, feien cua a les diferents taquilles, esperant el seu torn per comprar les entrades. Es van situar en una de les cues, i van mirar els cartells de les pel·lícules per triar-ne una.

—¿Quina t'agrada? —va preguntar el Lluís.

—La que sigui, menys la d'arts marcials i aquella dels adolescents americans que van tan cremats.

—Hi estic d'acord, si hi afegim la pel·lícula italiana i aquella francesa.

—Ens en queden cinc.

—¿La policíaca?

—Ja l'he vista. ¿La comèdia?

—Aquesta l'he vista jo.

—Ens queda la romàntica i aquella d'allà, que no tinc ni idea de què va.

—Jo, abans, odiava les històries d'amor —va dir ell—. La majoria són massa ensucrades.

—A mi m'han agradat sempre, tant si fan plorar com si no. Evidentment, si estan ben fetes i tenen un argument.

—És lògic.

—¿Ah, sí? ¿Per què? ¿Perquè sóc una noia?

—No, per això no; però a mi em sembla que ets romàntica.

—Tots ho som, de romàntics.

—¿Tu creus que aquests ho són? —va assenyalar tres nois d'entre disset i divuit anys, d'aspecte brut, que parlaven a crits de la pel·lícula d'arts marcials.

S'acostaven a la taquilla.

—També deuen tenir sentiments, dic jo.

—Segurament, ben guardadets a casa...

—Encara resultarà que ets racista —es va espantar ella.

—No ho sóc, però no suporto la vulgaritat. —Va assenyalar amb el dit els horaris de les pel·lícules instal·lats sobre la noia que s'afanyava a vendre les entrades, i va afegir—: Llavors, ¿la romàntica?

No n'estava gaire segura. Si feia plorar, ploraria.

Com una ximple.

—D'acord —es va rendir sense més ni més.

Era el seu torn.

En aquell precís instant, la Maria es va adonar que veuria una pel·lícula d'amor justament la primera vegada que sortia amb el Lluís.

16

L'Amàlia no podia donar crèdit al que estava sentint.

—¿Que et... va fer un petó?

—Sí.

—Explica, explica! Oh, Déu meu!

La Maria va fer un gest imprecís.

—Res, només això; al cine, cap al final de la pel·lícula.

—¿I ja està?

—Doncs... sí.

—Ah, no! —L'Amàlia va creuar els braços—. Vull saber-ne els detalls, tots, fins i tot els més escabrosos! —va fer cara de malvada—. Sobretot aquests. Vinga, no et deixis res.

—Ai, filla!

—Escolta, que sóc jo, ¿d'acord? No em diguis que et fa vergonya.

—No és això, és que no va ser res d'especial.

—Mira, maca. Surts amb un noi que està com un tren, amb el qual estàs assajant una obra de teatre, per més aficionats que sigueu, i et fa un petó tot just començar... Tu, d'això, ¿com en dius?, ¿anar de pícnic? Per força va haver de ser especial! ¿Et va agradar?

—No va estar malament.

—Oooh...! —va col·locar les mans com si anés a escanyar-la i es va regirar al llit, com si de sobte ja no es trobés malament—. A vegades ets... ¿Com va començar tot plegat?

—La pel·lícula era molt maca —es va rendir la Maria—, i ells treballaven bé. Tenia uns diàlegs enginyosos i unes frases d'aquelles que mereixen ser anotades i guardades. Primer vam xiuxiuejar algunes cosetes i, de sobte, em va dir una cosa, va posar la seva mà damunt la meva i la va deixar allà una estona. Jo ja estava paralitzada. No sabia què fer.

—Si l'enretires el deixes tallat, és clar.

—Llavors va tornar a xiuxiuejar-me una altra cosa i em va passar el braç per sobre de les espatlles. Em va preguntar si m'importava.

—¿Et va preguntar...?

—Sí.

—Renoi, que delicat. Segueix.

—Res. Però és tan incòmode veure una pel·lícula així, i com que jo no em movia...

—¿I el petó?

—Cap al final. De sobte vaig notar que em mirava, jo el vaig mirar a ell; i se'm va acostar lentament, sense apartar els ulls dels meus. I va ser llavors quan...

—Xec! —va esclatar l'Amàlia.

—Digue'n així.

—Tu, petrificada.

—Jo, espantada. Si és que em va agafar de sorpresa.

—¿T'agrada?

—Suposo que sí, és agradable, no ho sé.

—A més del cor bategant a tota marxa i tot aquest rotllo, ¿com et vas quedar?

—Si és que encara no ho sé, de debò —va insistir la Maria.

—Però no et devies quedar igual.

—No.

—¿I tu hi vas col·laborar?

—¿Què vol dir si hi vaig col·laborar?

—Ai, sembles ximple! ¿Et vas quedar quieta i res més, vas obrir els llavis, et va donar la llengua, l'hi vas donar tu, va durar molt, poc...?

En contraposició amb el to exultant de l'Amàlia, ella semblava que parlés d'una cosa trista, i se suposava que no ho era. La Maria se'n va adonar. ¿Per què no l'hi explicava excitada, entre crits i rialles?

—Va ser bastant llarg —va confessar—. Vaig tancar els ulls i ell em va anar obrint els llavis amb els seus. Després sí, vaig notar la seva llengua, tot just fregant-me, a poc a poc, i encara no sé com, va entrar en escena la meva, de manera que... Bé, suposo que li vaig correspondre, tot i que no va ser... ja m'entens.

—Sí que t'entenc, sí que t'entenc —va assentir, enfadada, l'Amàlia—. Després us vau quedar mirant-vos als ulls com un parell d'idiotes, ¿oi?

—Sí.

—Ell, embadalit; i tu, estupefacta.

—Sí.

—¿I després?

—Res. Es va acabar la pel·lícula i ens en vam anar. Llavors ho va intentar una altra vegada.

—Ho va intentar —va repetir l'Amàlia.

—Li vaig dir que no anés tan de pressa.

—¿Veus? Això va estar bé. Que no es cregui que tot són flors i violes.

—Vaig preguntar-li per què ho havia fet.

—Oh, no —l'Amàlia es va posar una mà a la cara, com si hagués empitjorat de cop.

—Em va dir que li agrado molt.

—Ja.

—I que s'està... enamorant de mi. Que es va fixar en mi des del primer dia.

—¿Et va dir això? —va al·lucinar l'Amàlia, i en veure que la Maria assentia, va insistir—: ¿Amb aquestes paraules?

—Sí.

—O sigui que se't va declarar.

—No exactament, diria jo.

—D'acord —l'Amàlia va fer una de les seves cares estranyes—. ¿I tu què li vas contestar?

—Res. —I abans que es posés a cridar, va continuar—. Em vaig estimar més no dir res, de manera que vam seguir caminant, ens vam asseure a prendre un refresc i no en vam parlar més.

—No m'ho puc creure. —Es va posar una mà al front—. Deu ser la febre. ¿No va tornar a fer-te un petó ni a intentar-ho?

—No.

—Sort que no crec que s'espanti així com així. El que em sorprèn és que hagi anat tan de pressa, i de legal.

—Per a tu, tot és molt fàcil —va dir la Maria—. M'agrada, però ni tan sols sé si la cosa va de debò o no.

—¿I quina importància té, això? Passa-t'ho bé i ja està! Descobreix-ho! Això és l'amor, l'amistat, o qualsevol relació: descobrir com et sents i tot aquest rotllo! Ara treballeu junts. Deixa't portar, a veure què passa. Si no et mola, ho deixes córrer i adéu. I si no vols que vagi de pressa, li dius que no estigui tan a sobre teu. Jo crec que és bon tio. Pel poc que vaig parlar amb ell, em va semblar molt legal. I és guapo i enrotllat! No dic que t'ho prenguis seriosament, per favor, només faltaria que ens emboliquéssim ja amb nòvios a termini fix. ¿Què et penses que faré jo amb el Baltasar? Doncs veure què hi ha i ja està! —Es va estremir. I en veure el rostre seriós de la Maria, va agafar-li una mà i li va preguntar—: Vinga, ¿què et passa?

—No ho sé. Tinc una cosa aquí... —es va tocar la part superior del pit—. Estic molt confosa.

—Sí, fa uns dies que estàs molt rara —va reconèixer la seva amiga—. Estàs als núvols, et menges el coco sense parar, ja no rius... Un conyàs!

—Doncs ho sento.

—Eh, eh! —l'Amàlia es va incorporar una mica per abraçar-la—. Se suposa que qui està al llit i gravíssima, a les portes de la mort, sóc jo.

La Maria es va deixar abraçar.

Va comprendre que havia de sincerar-se amb ella, parlar-li del que li passava, d'aquella lluita interior, de la seva escissió mental, del que sentia quan es mirava al mirall. Calia que ho compartís amb la seva millor amiga.

Però, ¿com li podia dir que, de sobte, li agradava més aquella abraçada que el petó sincer i càlid del Lluís?

¿I com podria entendre-ho ella mateixa?

17

Havien tingut una escena juntes, una de les més divertides de l'obra, i després d'haver-los fet riure a tots i d'haver rebut els seus sincers aplaudiments, la Maria i la Fontsanta descansaven al pati de butaques i observaven a distància les evolucions dels altres actors i actrius sota les ordres del Lluís, que els situava, els deia com s'havien de moure, fins on havien d'arribar i com s'havien d'interrelacionar a manera de coreografia escènica.

No era la primera vegada que la Fontsanta la mirava d'aquella manera, penetrant, directa. Amb la seva personalitat irresistible i aquells ulls tan intensos, era impossible defugir-la. I com que estaven soles, aquesta vegada la Maria va tornar-li la mirada.

Gairebé es va sentir esclafada per aquell torrent de seguretat que destil·lava la seva companya de repartiment.

—Ets bona —va dir-li la Fontsanta.

—¿Jo? No, de cap manera.

—¿Falsa modèstia? ¿Jugues a això, que t'insisteixin i et diguin que sí?

—Jo no jugo a res, però sé molt bé que no...

—Et dic que sí —va aturar-la la Fontsanta—. Ets molt, molt bona. Et falta el mateix que a tots, pràctica, dedicació, treball i, sobretot, en el teu cas, creure-t'ho. Hauries d'anar a una escola d'art dramàtic.

Era el to, la veu, aquella força expressiva, el poder que transmetia la seva companya. I no per això marcava una distància o semblava que li parlés amb superioritat, al contrari, era embolcallant i càlida. L'hi deia de cor, però des del «seu» cor. I el tenia tan fort com el seu caràcter.

—No m'ho havia plantejat mai.

—Doncs planteja-t'ho. El Lluís té bon ull i tu n'ets la prova.

—Tu també ets...

—Ja ho sé —va dir la Fontsanta—, ningú no m'ha de convèncer. Vull ser actriu. Ara es tracta de tu. Podries dedicar-t'hi.

—Però, ¿com ho saps, que sóc bona?

—Digue'n instint, tot i que n'hi ha prou de veure't. Entres bé en escena, i això és molt important, gairebé tant com el fet que tinguis una declamació molt bonica, gens carregosa ni redundant. Tens aquella rara habilitat de deixar de ser tu mateixa quan surts aquí —va assenyalar l'escenari—, per convertir-te en el teu personatge. Els actors i actrius som com una ceba: tenim capes. Cadascuna és un personatge i es necessita per a una obra, i només per a aquella obra. No cal dir que també tens facilitat per memoritzar diàlegs, per situar-te sempre en el punt exacte, sense necessitat de mirar les marques del terra, i detalls així.

Mira, no en sóc una experta al cent per cent, però des dels dotze anys que actuo on i quan puc.

—¿Vas a alguna acadèmia?

—Sí.

—¿Ja has provat de fer alguna cosa en el pla professional?

—Respecte a això, penso com el Lluís: val més no precipitar-se, estudiar, saber buscar l'oportunitat que valgui la pena. No m'interessa perdre hores i hores en càstings a la meva edat, i total per fer de figurant o sortir en una sèrie d'impresentables a la televisió.

—Vosaltres ho teniu clar —va acceptar la Maria.

—L'important és adonar-se'n, no quan te n'adones. —I va aclarir—: Mentre sigui abans dels noranta, és clar.

La Maria va mirar cap a l'escenari. El Lluís estava situant la Carme, la Lluïsa i la Pili als seus llocs, mentre la resta de la companyia esperava instruccions. Amb els dos nous fitxatges ja estava completada, i el bon ambient era la característica principal. Però això no treia que el Lluís s'enfadés a vegades, si bé sempre acabaven rient i fent-se bromes. La Maria va pensar que potser era millor director que actor, perquè sabia extreure el millor de cadascú.

Com en el seu cas.

—La veritat és que em sento còmoda —va reconèixer, girant el cap en direcció a la Fontsanta—. M'agrada, ha estat tot un descobriment. El que no sé és si em sento còmoda precisament perquè de moment és una distracció; potser si m'ho prengués seriosament...

—¿Ja saps què faràs quan acabis d'estudiar?

—No.

—¿Tens cap idea de quina carrera faràs, o si preferiràs buscar-te la vida?

—No —va ser sincera—. M'agraden unes quantes coses: veterinària, biologia...

Des de l'escenari els va arribar un crit del Lluís.

—Eh, aquí baix, parleu més fluix!

La Fontsanta li va treure la llengua, però ell ja no ho va veure. Tornava a estar d'esquena, mirant d'acoblar la coreografia de l'escena, els moviments de tots ells creuant-se i descreuant-se, mentre intercanviaven les frases en el que seria el tram final de l'obra, coronat amb la tornada d'elles dues de cara al tancament definitiu.

Com per associació, la Maria es va passar la llengua pels llavis, allà on persistia l'empremta d'aquell petó.

El més sorprenent va ser que la mateixa associació semblava haver arribat a la seva companya de repartiment.

—¿Puc fer-te una pregunta?

—Sí.

—És personal —va advertir-li la Fontsanta.

—D'acord, fes-la —va admetre la Maria.

—¿El Lluís i tu...?

Es va quedar mig sorpresa, mig desconcertada. Però ni tan sols va pensar a dir-li que no era cosa seva. Primer es va posar vermella. Després va vacil·lar.

—¿Que si som...? —va deixar també la frase inacabada.

—Nòvios, parella, ja m'entens.

—No, no —va ser massa ràpida—. ¿Per què?

—Perquè a ell, si més no, se li nota.

—¿Ah, sí?

—Està boig per tu.

—Va, no siguis burra —va buscar un somriure defensiu.

—Els tios són transparents. ¿No em diguis que no te n'havies adonat?

—No ho sé.

—Sí que ho saps —va insistir la Fontsanta amb aplom.

—És que jo no m'ho he plantejat. És un amic.

—¿T'agrada, a tu?

No va tenir prou coratge per contestar-li. Era la mateixa pregunta que li havia formulat l'Amàlia, la que s'havia fet ella mateixa. I la resposta era tan incerta com els seus dubtes: un sí ple de condicionants.

¿És que tot havia de consistir a agradar o no agradar?

¿Estimar o no estimar?

¿I per què no, ser o no ser, com a *Hamlet*?

Perquè primer havia de saber el que li deia la noia del mirall: qui era ella.

El llarg silenci va fer que la Fontsanta es girés del tot, i quedés situada gairebé de cara a ella. Va fer una cosa més. Amb afecte, mirant-la amb un somriure ple de tendresa, va posar-li una mà al cap, i després la va fer lliscar cap a un costat, passant-la per la galta, acariciant-l'hi, fins a aturar-la a la barbeta. Va ser un gest molt més de mare que d'amiga, companya o germana gran. Un gest ple de comprensió i maduresa, tan profund —sobretot perquè va anar acompanyat d'aquella mirada plena de penetracions intenses— que la Maria va esdevenir presonera del seu influx. I encara més d'aquelles paraules, que van embolcallar-la com un mantell protector.

—Un dia hem de parlar d'algunes coses.

—¿De quines? —va sospirar amb sorpresa la Maria.

—D'algunes. —La Fontsanta li va fer l'ullet i va somriure amb la mateixa tendresa.

Això va ser tot.

I just en aquell moment, el Lluís va reclamar la seva presència:

—Pugeu a l'escenari! Vinga, tots junts, el gran final!

18

Hi havia molta tensió a taula, i quan la Maria se'n va adonar, es va preguntar què devia passar i si, per alguna raó, tenia a veure amb ella.

No podia estar-ne segura.

El seu pare no alçava els ulls del plat ni les mirava, a cap de les dues. Era poc parlador, circumspecte, però no tant. Quan, a més, era la seva mare qui es movia amb gestos nerviosos, tarannà esquerp i rampells d'ira, com a l'hora de posar els plats o passar el pa, les coses anaven mal dades.

La Maria va començar a preguntar-se quan començaria la tempesta.

I no volia cap tempesta. Les odiava. Les dues úniques vegades que recordava haver vist els seus pares barallant-se a crits van ser els pitjors dies de la seva vida. En una, als set o vuit anys, va amagar-se sota el llit, com si el món estigués a punt de caure-li a sobre. La segona, quan en tenia dotze, ja no va poder estalviar-se-la, i tant la Paqui com ella hi van prendre part perquè no anés massa lluny. Van acabar a crits i amb una tensió amarga que va durar dies, setmanes, fins que les coses van tornar al seu curs normal. Mai no va saber el perquè de les dues disputes, ni si n'hi havia hagut d'altres. Segons la Paqui, un matrimoni amb tants anys de vida en comú sempre tenia aquell dia de fissió nuclear que era inevitable. Podia entendre-ho, però tenia por que qualsevol dia es produís la tercera disputa a crits.

I aquella nit...

Ja eren a les postres. Potser no passaria res. Menjava de pressa per aixecar-se ràpidament de taula. La Paqui estava en la mateixa situació. Totes dues es van intercanviar unes quantes mirades de recel, còmplices. El seu pare continuava mastegant, amb el cap baix i el rostre malèvol. La seva mare mantenia aquells gestos sorruts.

Fins que va sorprendre-la observant la Paqui.

I hi havia punyals en aquella mirada.

La Maria va donar un copet a la seva germana gran per sota la taula, però quan ella li va fer un gest que equivalia a un «¿què?», la seva mare ja havia fet mitja volta.

Llavors es va desfermar la tempesta.

El primer llamp va ser:

—Aquest cap de setmana anirem a casa de la tia Francesca una altra vegada, i vindreu totes dues.

No va ser una informació, ni un prec, ni una petició.

Va ser una ordre.

I la Paqui va caure a la trampa.

—Jo passo.

La Maria va deixar de respirar. Va mirar el seu pare. Seguia menjant amb el cap baix, sense intervenir-hi, com altres vegades. Tenia el puny esquerre tancat i pressionat.

—Tu vindràs —va dir la Leo.

—Mama...

—Tant si t'agrada com si no, tu vindràs —va repetir la dona—. I no se'n parli més, Paqui.

—Però, ¿per què? —va començar a desesperar-se la seva germana.

—Calla.

—No vull callar, ostres!

—Doncs jo no vull sentir cap més comentari —va advertir-li la seva mare.

—¿Comentari? Doncs vaja! —la Paqui tenia els ulls encesos, a punt d'esclatar—. Genial! No estic disposada a passar el cap de setmana en aquell manicomi!

—I jo et dic que sí, i punt —va sentenciar la Leo.

—Però és que no entenc...!

Per primera vegada es va sentir la veu del seu pare.

—Digue-l'hi.

—Vindrà igualment, Alfons —va assegurar-li ella.

—Digue-l'hi —va repetir el cap de família.

La Maria mirava el puny tancat, la crispació, la tensió. No sabia què fer ni què dir. Només esperava.

—Alfons...

—Digue-l'hi!

El puny va colpejar la taula. Va ser un autèntic cop de maça. Tot va tremolar, dues copes van perdre la vertical i van caure de costat. Però el pitjor va ser el crit, i el rostre envermellit i fora de si del seu pare, que es negava a centrar els ulls i la ràbia en la seva filla gran.

La Leo va sospirar, rendida.

—Et van sentir pujar amb el teu nòvio, a la matinada, rient i fent el burro per l'escala. I després no et van sentir baixar.

—Quines xafarderes! —es va enfadar la Paqui—. ¿Qui...?

—A tu no t'afecta, però a mi sí —va recordar-li la Leo—. Hauries pogut anar amb compte, no fer soroll...

—Passa d'elles, mama!

—No és tan fàcil. Fa molts anys que vivim aquí, i ens coneixem. T'han vist créixer i se senten part d'alguna cosa, tant si els pertoca com si no. Per a elles és un escàndol, i a sobre, que nosaltres marxem el cap de setmana i us quedeu soles per fer el que us doni la gana representa que som uns mals pares. I per aquí no hi passo.

—¿I per això m'haig de fotre, per una gent que no m'importa gens? —la Paqui parlava amb la seva mare, desesperada, però la Maria seguia estant pendent del seu pare—. La filla del tercer surt amb un home casat, i només té vint-i-un anys, dos més que jo! I no veig que sigui molt discreta quan ell la deixa a casa i es passen una hora morrejant-se a la cantonada! La del cinquè és un putot que...!

Va ser encara més ràpid que el cop de maça a la taula.

El puny es va obrir, es va convertir en una mà, i la mà va volar a una velocitat tremenda, furiosa, i va agafar la Paqui d'improvís i sense defensa possible. Va impactar en el seu rostre, amb el característic espetec sec d'una branca que es trenca. La violència del cop va fer que la noia girés el cap com si li anés a sortir del coll. Després va estar a punt de perdre l'equilibri, perquè el seu cos i la cadira van girar uns quants graus sobre si mateixos.

La Maria va contemplar encara més aterrida la transfiguració del rostre del seu pare, dolgut i amargat per allò, però rabiós per l'arrel dels fets.

—Vindràs amb nosaltres el cap de setmana —va dir lentament—. I no se'n parli més, ¿entesos?

No solament era per la Paqui, sinó que també es referia a ella.

19

Era pitjor del que esperaven.

Disset persones.

Divendres a la nit, tan bon punt van arribar, es va efectuar el «repartiment» de les habitacions. A la Paqui i a ella els havia tocat amb la Sònia, l'Helena i la Begonya, «les solteres». Totes juntes, dormint estretes, en matalassos tirats per terra. Un infern. No solament es tractava de la manca d'intimitat, sinó de les olors, els roncs i l'atabalament que representava tot allò. Fins i tot la seva mare, en veure l'inesperat overbooking, va haver de reconèixer que ni era sa, ni còmode, ni pràctic. I encara, per a una nit, podia passar; però per a dues...

—Mama, l'última vegada, ¿d'acord? —va dir-li la Maria, molesta—. Si la Paqui fica la pota és el seu problema, però a mi no em facis passar per això.

—Filla, jo no sabia que seríem tants.

—Però si sempre és el mateix, no baixeu de la dotzena!

Malgrat tot, tenint en compte que el cap de setmana estava més que perdut, va decidir aprofitar al màxim la situació per quedar bé amb tota la família i que la deixessin en pau en el futur, encara que només fossin unes quantes setmanes o mesos. No costava gaire. Dos somriures per aquí, tres «Oh, tieta, que bé que et conserves!» per allà i quatre gestos d'amabilitat, com ajudar a parar taula, portar o treure plats i demostrar que era una noia fantàstica. Fins i tot la Paqui va optar pel mateix procediment, mig per por de més represàlies per part del seu pare, mig perquè sempre intentava estar animada, encara que fos en condicions tan precàries com aquelles, i sense el seu Ferran. Si més no, li va canviar la cara quan van decidir que dissabte totes cinc sortirien de marxa amb el cotxe de l'Helena. Sortir de marxa a la urbanització equivalia a anar al poble a fer un volt, o bé arribar-se fins a l'altre, més gran, que tenia discoteca.

—Ai, però compte amb la carretera!, ¿eh? —va dir la cosina Dolors.

—Que són joves, dona! —va defensar-les la tia Francesca.

—Sí, però cada cap de setmana se'n maten més.

—Com ets!

Ja tenien tema de discussió per a una bona estona, i totes hi deien la seva al mateix temps. La Maria se'n va allunyar per estar sola. Duia el llibret de l'obra i necessitava repassar els diàlegs. Li semblava extraordinari que la seva mare, quan era amb la família, canviés tant. Fins i tot parlava com les seves ties i cosines, amb l'accent del poble heretat dels seus avis, encara que ella ja hagués nascut a la terra on van emigrar quan ells eren més joves.

La tarda era agradable. La Paqui feia la migdiada. El seu pare, també. L'ombra de l'arbre produïa una certa sensació de pau, malgrat les rialles i els crits de la part més nombrosa del clan familiar. La Maria va tancar els ulls durant uns segons, per relaxar-se i buscar la manera d'ignorar aquelles hores perdudes.

—¿Què fas?

Va obrir els ulls a desgrat seu. La cosina Begonya tenia una edat equidistant entre la Paqui i ella, i era molt pesada, molt plasta, molt insuportable. Parlava amb afectació, era una setciències, no callava mai, llançava verí amb cada paraula, i destil·lava una ironia gens subtil que la feia sempre imprevisible i perillosa. A això calia sumar-hi la seva natural enveja, heretada de la seva mare, el fet de creure's meravellosa, guapa, l'obscur objecte del desig de tots els homes que se li acostaven. I, com a colofó, era egoista fins a la desesperació. El seu tema monotemàtic de conversa eren els nois.

I era allà, al seu costat.

Podia arrencar a córrer, dir-li que anava a fer la migdiada, qualsevol cosa, i tot seria inútil.

Ni tan sols va voler parlar-li de l'obra de teatre.

Al cap de deu minuts tota la família ho sabria i li preguntarien coses sobre això.

—Res, descansava —es va rendir la Maria.

—Que bé que ens hàgim trobat, ¿no?

—Sí.

—La meva mare sempre m'insisteix, i és clar, jo tinc coses a fer, però com que em va dir que veníeu la Paqui i tu. ¿Quan va ser l'última vegada que ens vam veure? ¿Per Nadal?

—A l'enterrament de l'oncle Gabriel.

—Ah, sí. Bé, això no hauria de comptar. Un enterrament... ¿Què llegeixes?

—Res, una cosa que m'han deixat.

—A veure —va agafar-li el llibret de les mans i hi va fer una ullada—. Està escrit d'una manera estranya, no pas com una novel·la.

—És un guió.

Va continuar mirant-lo, però va quedar clar que allò no era sinó una simple excusa quan, així, com aquell qui no vol la cosa, va preguntar:

—¿Surts amb algú?

—No.

—¿No? —va semblar sorpresa—. M'han dit que la Paqui té nòvio.

—Pregunta-ho a ella.

—¿I tu, no...?

¿Què li deia, que estava sola i aguantava la seva mirada compassiva?

—Bé, hi ha un noi —es va sentir dir a si mateixa.

—Explica, explica —els ulls li van brillar amb malícia.

—¿Què vols que t'expliqui?

—Com és, si va de debò, ja m'entens.

—Surto amb ell i res més. Som amics.

—La meva amiga Conxa té dinou anys i es va casar fa una setmana, fixa-t'hi —va exclamar amb afectació.

—Doncs ja són ganes —va dir la Maria.

—Estava boja per ell.

—Boja als dinou, i als trenta n'estarà farta i adéu.

—¿Tu també ets de les que diu allò que el primer amor és terrible, perquè et marca per a tota la vida?

—No.

—Quina sort, perquè el que has dit és molt negatiu.

—Sóc realista.

Com que no li preguntava per ella, la Begonya es va prendre la llibertat de dir-l'hi.

—Jo surto amb un noi, però no em convé. Em lligaré el seu amic.

—¿T'enrotllaràs amb l'amic del teu nòvio?

—És normal, ¿no?

Li hauria clavat una bufetada. L'afectació augmentava. Grau superlatiu. I era la mena de trampa de la qual no podia sortir.

—Estàs boja.

—Mira, tia, són dos dies —va proclamar amb més i més suficiència la seva cosina—. El que m'agrada de debò és un de la meva escala, l'Agustí.

—¿Per què no te'l lligues?

—Ara està estudiant la carrera. Ni acostar-s'hi. I la seva mare sembla un sergent. Però quan acabi...

—¿I si llavors ja té nòvia?

—A veure qui pot més.

Era una perfecta escalfabraguetes, o potser tot era aparença, xerrameca. Tan fantasma com qualsevol.

Es pensava que ja ho havia sentit tot, però s'equivocava.

—Escolta —la Begonya va abaixar la veu, tot i que estaven soles—, ¿tu quin mètode fas servir?

—¿De què? —va al·lucinar la Maria.

—De protecció, de què vols que sigui.

Si li deia que era verge, hauria d'estar disposada a escoltar com era de meravellós fer l'amor. Si li deia que no ho era, l'endemà la tia Francesca trucaria a la seva mare per dir-l'hi.

—M'estimo més no parlar-ne.

—¿Per què? ¿Tens algun problema, o només et fa vergonya? Que a mi m'ho pots dir, ¿eh? Puc recomanar-te al meu ginecòleg, que a més és guapíssim.

No podia més. No volia parlar de nòvios, de mètodes anticonceptius, de virginitats ni de res amb la cosina Begonya. Encara més, no volia parlar amb la cosina Begonya. Es va posar dreta, després de recollir el guió, que encara tenia entre les mans, i li va engegar el primer que li va passar pel cap, que va ser:

—Haig d'anar al lavabo.

—D'acord, t'espero.

Es va allunyar del seu costat pensant que ja s'ho podia prendre amb calma, perquè l'última cosa que pensava fer era precisament això, tornar.

I quedava la tarda i la nit de dissabte, la sortida «per anar de marxa», i tot diumenge.

20

Quan va entrar a la seva habitació i es va deixar caure sobre el llit, estava esgotada.

Esgotada per les dues hores i mitja de caravana, pels dos dies i mig de resistència familiar, per la insuportable i cada vegada més odiosa Begonya, per l'obstinada tia Francesca, per la beata i sermonejadora cosina Dolors, per tots i cadascun dels membres del clan, disposats a imposar la invisible llei del seu poder sobre els altres. Durant el trajecte de tornada a casa, fins i tot la seva mare va haver d'admetre que havia estat «una mica carregós». El seu pare, de natural callat, es va limitar a mirar-la pel mirall interior, ja que anava asseguda al darrere, i va optar per callar. Però la seva mirada ho va expressar tot. La Paqui no parlava. L'empremta de la bufetada no era tan visible en el seu rostre com en la seva ànima.

Semblava com si s'hagués trencat alguna cosa entre ells.

La sortida del dissabte a la nit va ser el pitjor. Dues dones de trenta anys passades de rosca com la Sònia i l'Helena, fingint que eren joves i parlant com si tinguessin vint anys, i elles tres, la Paqui, la Begonya i la Maria. Un quintet massa fora de lloc. Hi havia una certa desesperació que s'acostava al patetisme en la forma que tenia la Sònia de parlar dels homes, i una evident sensació de ràbia i crispació en la manera com l'Helena els rebutjava, arran del seu sonat fracàs després de tres anys de prometatge amb plans de casament inclosos. Per la seva banda, entre la Paqui, que no parava de parlar del «seu Ferran», i la Begonya, que era la més vella de totes tenint en compte la seva «experiència», la Maria s'havia acabat sentint com una autèntica extraterrestre.

Ara, a la seva habitació, fora de perill, ho podia veure tot amb perspectiva, i posar-se a riure si li venia de gust.

¿Era una persona molt estranya, o és que les altres estaven pirades?

I el que li costava més d'entendre era com el seu pare aguantava...

El timbre llunyà del telèfon la va apartar dels seus pensaments. Els va escombrar en un tres i no res. Va esperar uns segons, per veure si cridaven el seu nom, fins que es va obrir la porta de l'habitació i va aparèixer la Paqui, que era qui l'havia despenjat, amb l'aparell sense fil a la mà. Tot un detall. No li va haver de dir res. La Maria va saltar del llit i es va precipitar sobre el telèfon. Va tornar al llit, mentre la seva germana se n'anava sense badar boca i amb el cap ple de Ferran. Es va asseure amb les cames creuades i l'esquena recolzada contra la paret, feliç pel fet de poder parlar amb qui fos, tot i que es jugava qualsevol cosa que era l'Amàlia.

—Hola, tia! —va sentir que cantava.

—Hola.

—¿Quan has arribat?

—Fa dos minuts. Pensava trucar-te així que m'hagués relaxat una mica.

—¿Tan dur ha estat?

—Pitjor. Per tallar-se les venes.

—¿Pots parlar? —va voler saber l'Amàlia.

—Sóc a la meva habitació.

—Bé, de tota manera, demà ja t'ho explicaré amb calma.

—¿Què m'has d'explicar?

—Ah, ah.

—Vinga, tia.

—Ni t'ho imagines.

—Vas sortir amb el Baltasar, ¿no?

—Bé, però això... —va allargar la primera «e» fins a fer-la quilomètrica.

—Si m'has trucat per deixar-me amb la mel a la boca i dirme que demà m'ho explicaràs, et juro que passo de tu —va protestar la Maria.

—És que per telèfon...

—Ja m'has deixat en suspens, i ho estàs desitjant! —va cridar-li.

Es va produir un silenci. Un d'aquells silencis capciosos, embolcallants, no especialment densos però sí carregats de presagis. La Maria va arribar a aguantar-se la respiració.

I s'ho esperava tot, menys allò.

—Ho he fet.

—¿Què?

—Amb el Baltasar. Ha estat...

—¿De debò?

—No m'ho havia proposat, t'ho juro. Simplement ha passat.

La veu de l'Amàlia desprenia espurnes. L'energia travessava la línia i arribava fins a ella, l'embolcallava, arribava al bell mig de la seva ment. Però d'aquell arc de sant Martí màgic, a la Maria només li arribaven el blanc i el negre, amb tota la gamma de grisos intermedis.

Un estrany efecte.

—No t'ho havia d'haver dit per telèfon —va lamentar la seva amiga—. És clar que estic... com en un núvol, ¿saps? Ha estat senzillament bé, sense traques ni campanes, com a les pel·lícules. Una cosa natural i... bé, no ho sé. M'ha agradat, ¿m'entens? M'ha fet sentir...

Va restar callada, sense poder parlar.

—Eh, digues alguna cosa —va animar-la l'Amàlia.

—Si és que m'has deixat...

—Doncs imagina't jo. No m'ho puc creure, i era allà —va sospirar riallera.

—Però..., ¿estàs bé?

—És clar! —va manifestar radiant—. Estic... perfecta!

La Maria va mirar la seva habitació, les seves coses, el mirall, el llit.

Va tancar els ulls.

—Haig de penjar —va abaixar la veu l'Amàlia—. Demà en parlarem, ¿d'acord?

—D'acord —es va rendir ella.

—*Ciao*, tia.

—*Ciao.*

La línia es va tallar, primer a l'altra banda. La Maria va trigar a reaccionar. La seva mà va baixar a poc a poc, tan a poc a poc que va passar una eternitat abans que accionés amb el polze el botó per penjar. De sobte, l'auricular es va convertir en un instrument pesat, i li va caure a la falda. Tornava a tenir els ulls oberts.

El cap de setmana més espantós per a ella havia estat el cap de setmana més lluminós per a la seva amiga.

La seva millor amiga.

L'arribada de l'amargor va ser immediata. Una allau de sentiments i emocions imparables, impossibles de frenar. Van dominar-la, van inundar-la, van sobrepassar-la i la van trencar. Quan va finalitzar aquesta primera onada, van aparèixer la tristesa, l'abatiment, l'indefectible pes de la soledat. I la soledat era tan rotunda, tan forta, capaç d'empassar-se-la com si fos un forat negre, que va sentir al cor i a la ment el fred més intens que mai havia conegut.

El fred de la mort.

El dolor invisible.

El sofriment de l'ésser.

Quan es va posar a plorar, aquell forat negre li estava xuclant tots els àtoms, un per un.

21

Per primera vegada a la vida va desitjar no veure l'Amàlia, estar malalta, ajornar aquella trobada i, per damunt de tot, no escoltar-la.

Una cosa ben absurda.

L'Amàlia era pur nervi, i així que la va veure se li va llançar a sobre, va abraçar-la tremolant, i va esclatar en mil bocins, si l'un viu, l'altre encara més.

—Tia, tia! Que fort!, ¿no?

No va saber què dir-li. Se suposava que era un motiu de festa, d'alegria, un pas decisiu, natural en qualsevol conversió, o per dir-ho millor, en qualsevol transvasament d'adolescent a dona. De manera que va restar callada, fustigada pel vendaval en forma d'abraçades, sospirs, paraules mig nuades, mirades radiants i emocions, que l'Amàlia amb prou feines podia contenir.

La Maria volia cridar allò que els seus llavis callaven.

Però va afrontar en silenci la seva felicitat.

—Va ser increïble —va confessar l'Amàlia—. Ell, més nerviós que un flam; i jo... Ostres, digues alguna cosa!

—És que no sé què dir. M'has deixat...

—Tots aquests anys pensant qui, com, quan, si ho faria amb el de tota la vida, si seria a l'adolescència o després, un cop casada... I ara gairebé em fa pena que hagi passat, perquè el que tenen de bonic les coses és esperar-les.

—Ningú no pot fer plans —calia que es mostrés més efusiva. Per a l'Amàlia era important. Només ho diria a ella, n'estava segura. Ara compartia el seu gran secret—. Però si estàs contenta i ho vas veure clar...

—Gens clar, encara estic tremolant. Perquè quan es fa una vegada... En fi, que... —es va agitar nerviosa, movent les mans sense parar—. No crec que avui estigui d'humor per a gaires classes.

—¿On ho vau fer?

—A casa seva. A la seva habitació. No podré passar mai més per aquell carrer o per davant d'aquella casa, mare meva! —la seva expressió es va rivetejar de dolçor—. I això que es va portar molt bé, el pobre. Res de masclista ni tot aquest rotllo. Afectuós, moltes carícies, carona d'estupefacció, petó per aquí, petó per allà. Mira, quan em va veure nua va fer una carona de no creure-s'ho, de no haver vist mai res de semblant!

—Evidentment, no crec que hagi vist mai res com tu —va ser sincera la Maria.

—Doncs mira que jo, intentant semblar segura... I, total, si t'haig de ser sincera, ni me'n vaig adonar.

—¿No et va fer mal?

—Una mica sí, pels nervis; però em refereixo que no va durar gens. Ara envejo el Cinc Minuts de la teva germana! Al Baltasar li hauríem de dir el Tres Minuts com a màxim!

La Maria va riure per primera vegada.

—Que n'ets, d'animal! —va dir.

—És que és veritat. Això sí, em va dir que estava a la glòria, que era la cosa més forta que li havia passat a la vida, que...

—¿Llavors també era la seva primera vegada?

—Sí.

—¿Te'l vas creure?

Podia ser una pregunta maliciosa, però la va fer amb tota la innocència. Se'n va adonar tot just després d'haver-la formulada.

—Filla, no ho sé —va confessar l'Amàlia—. Per la manera en què va passar tot, molta, allò que es diu molta experiència, no en tenia. I si no creus una mica en la persona amb qui comparteixes una cosa així, ja em diràs. A mi em va agradar, tot i el dolor inicial i la brevetat. Em sento meravellosament bé, a la glòria. Veig el món d'una altra manera, ¿m'entens? Va ser emocionant. Jo era allà, mestressa de mi mateixa, del meu cos, i el compartia amb ell, però em pertanyia, no sé si m'explico —es va esforçar a ser més clara, tot i que la Maria l'entenia perfectament—. Tenia poder! —va engrandir les pupil·les en trobar la frase adequada—. Era jo qui feia el miracle d'excitar-lo, de veure com gemegava i cridava, i com es tornava boig! Aquesta sensació de ser tu i al mateix temps compartir la teva essència és molt forta. ¿Saps una cosa? —se li va acostar una mica més, com si tingués por que la gent que passava a prop seu pel carrer pogués sentir-la—. El millor va ser el final, perquè me l'hauria menjat a petons. Allà, estirat al meu costat, mirant-me amb aquella carona d'estupefacció, em va semblar dolç, innocent i inofensiu.

—Total —va xiuxiuejar la Maria, després del llarg discurs—, que estàs boja per ell.

—No, boja no. Avui tinc totes les sensacions capgirades i el cervell trastocat. Avui l'odio.

—¿Què?

—Ha estat el primer. Li he donat una cosa que ja no podré donar a ningú més, que és seu i ho serà per sempre. Mai no podré oblidar-ho, tant si seguim sortint com si no. I ell sabrà que jo he estat la seva primera noia, de manera que si és un malparit, un dia somriurà com tots els bavosos i pensarà en aquella pobra amb qui es va saber enrotllar per prendre-li aquesta mena de frontera que ens separa de la infantesa.

—No t'entenc —va intentar seguir-la la Maria.

—Digue'n depressió postpart. En aquest cas, postacte.

—Total... —va vacil·lar ella.

—Total, que estic boja, però no me'n penedeixo —l'Amàlia va fer una volta completa sobre si mateixa, sense deixar de caminar—. El més curiós és que ja saps que no hi pensava, que no em traumatitzava imaginant aquest dia ni res, que ni anava accelerada ni al contrari. Ja ho veuràs quan et toqui, perquè qualsevol dia et passarà el mateix.

—A mi, no.

—A tu, sí; ¿o et creus que ets de suro?

—No sabria què fer.

—¿Però et penses que hi ha un manual que ho explica o què? Ningú no ho sap. Això és el que compta. S'improvisa. Sé que algunes han plorat de vergonya, i d'altres de dolor, i n'hi ha que no han pogut i d'altres han descobert que era fantàstic. No hi ha regles. Són les emocions de dues persones reaccionant entre si, interrelacionant-se. Avui em sento diferent, nova, ja t'he dit que veig les coses d'una altra manera. He après una cosa.

—¿Què has après?

—Que no ho hauria d'haver fet, que no estava preparada, tot i que, arribat el moment, el punt sense retorn, creia que sí. Sé que he ficat la pota, però no me'n penedeixo. Ni tan sols sé si el Baltasar i jo som nòvios per haver-ho fet, ni com estarà avui ell, ni si... No sé res.

—Et mataria —va sospirar la Maria, rendint-se.

—No, tu no —l'Amàlia va abraçar-la i li va fer un petó molt fort a la galta—. Si no fos per tu, això em pesaria tant en l'ànima que no sabria a qui explicar-ho. ¿T'ho imagines? Una cosa així, si no es comparteix, s'acaba convertint en una bola d'acer al bell mig de la teva ànima. Tu i jo no tenim secrets, ¿oi?

Estaven arribant a l'institut.

L'aparició de dues companyes va evitar que la Maria hagués de respondre aquesta última pregunta.

22

Dos dies a la setmana, el camí de tornada a casa seva ja no era directe. Ara, quan acabava l'assaig de l'obra i el Lluís l'acompanyava, passaven per un petit jardí poblat d'arbres i bancs que rarament eren buits a aquella hora. A tot estirar, s'asseien a l'herba, com en aquell moment. Les converses giraven sempre al voltant de la representació, sobre tal escena o tal altra, sobre detalls i aspectes diversos, i també sobre les seves possibilitats, que segons ell eren ben patents. El noi insistia en el fet que volia ajudar-la, la qual cosa era una manera de tenir-la a prop, d'estar junts.

La Maria mirava un grup de nens que es barallaven per gronxar-se. Una mare intentava posar pau i ordre. Es podia veure a si mateixa uns anys enrere en aquell lloc, amb la faldilleta, la brusa i les trenes, seguint la Paqui com si fos una guia. Temps feliços, gairebé oblidats, excepte en moments com aquell. Potser un dia, al cap de deu anys, miraria aquell retall d'herba on estava asseguda amb ell i també somriuria amb nostàlgia, evocant-lo.

Estranya cosa, el temps.

Estranyes formes, els sentiments.

L'Amàlia era amb el Baltasar, i ella amb el Lluís. Separades per primera vegada a la vida. A la nit es trucarien i s'ho explicarien tot, o l'endemà, anant cap a l'institut, o al pati. L'Amàlia volia que sortissin tots quatre, i la Maria no sabia si valia la pena, si resistiria veure la felicitat de la seva amiga mentre ella dubtava, o si el Lluís se sentiria incòmode, segons com fossin les demostracions d'efusivitat dels altres dos. En tot just un parell o tres de setmanes, la vida havia fet un tomb inesperat.

¿Formava part del seu encant?

Va sentir un frec als cabells i, en agitar-se, girant el cap, es va adonar que era la mà del Lluís.

Una carícia.

—No ho facis, això —va demanar-li, estremint-se.

—¿Per què?

—No ho sé —va reconèixer.

—¿De què tens por?

—Jo no tinc por —va mirar-lo fixament.

—Sí que en tens.

—Doncs bé, en tinc —va arronsar les espatlles, i es va tornar a fixar en els nens del gronxador.

—¿Què et passa?

—Res.

—Avui a l'assaig estaves tensa, i ara, tan callada...

—Doncs no em passa res —va mentir.

—M'agradaria que et veiessis amb els meus ulls, com t'estava veient fa un segon, tan especial.

—Jo no sóc especial.

—Ets especial, i preciosa, i m'he enamorat de tu.

Es va quedar glaçada.

Paralitzada i glaçada.

Va aconseguir treure forces d'allà on no en tenia per dir:

—No ho diguis, això.

—T'estimo. —Ell no va fer-li cas.

—¿No veus que això ho espatllarà tot?

—¿Per què?

—Perquè jo no sento el mateix.

—¿Per què ets aquí amb mi, doncs?

—Per l'obra, i perquè som amics.

—No des que et vaig fer aquell petó al cine.

—Llavors no ens veurem més —va dir categòrica.

—Maria...

Va abaixar el cap, contenint les llàgrimes, i el Lluís se'n va adonar. Fins aquell moment havien parlat sense moure's, l'un prop de l'altre, la Maria asseguda i ell estirat sobre el costat esquerre, separats tot just per un bri d'herba. Amb el canvi d'actitud per part d'ella, ell també es va asseure i va quedar gairebé situat damunt seu. El seu rostre fregava els cabells que uns moments abans havia acariciat.

—Eh, eh —va xiuxiuejar—. Perdona.

Va abraçar-la.

Va abraçar-la amb les dues mans i la va estrènyer lleugerament contra el seu cos.

La Maria no va lluitar contra això.

—Sisplau, no ploris —va demanar-li el Lluís.

—No sé què em passa.

—Estàs confosa, això és tot, i no deixes que ningú entri aquí —va fer-li un petó al front, i quan es va separar d'ella va veure que tenia els ulls tancats—. Tens un curtcircuit entre això i això altre —va tornar a fer-li un petó al front, i després va abaixar el cap per fer-n'hi un altre al pit, a l'altura del cor.

—¿N'ets un expert? —va aconseguir somriure.

—No, no ho sóc, però sí que sóc sincer —L'abraçada es va enfortir de nou.

La Maria va continuar amb els ulls tancats. Veient l'Amàlia.

Probablement estaria igual, amb el Baltasar, potser nua i fent allò per segona vegada.

Es va estremir.

¿Per què pensava en ella si el seu cos era als braços del noi més perfecte que mai s'hagués pogut imaginar?

¿I la seva ment?

Va sentir els llavis del Lluís al coll, càlids i agradables. I va sentir que pujaven, lentament, i arribaven al lòbul de l'orella, la mandíbula, la galta... Va restar immòbil com una estàtua, perquè li agradava, era bonic, tenia sentit. El Lluís i ella. L'Amàlia i el Baltasar. Tot el sentit del món. Hi havia tanta tendresa en aquella carícia, i tanta pau.

Va moure lleugerament el cap quan ell se li va acostar als llavis, per facilitar-li el moviment, perquè sabia que aquella era la destinació final. El seu braç esquerre continuava estrenyent-la contra el seu cos. La mà dreta va baixar a la recerca d'una de les seves mans, al llarg del braç, que va acariciar durant el descens.

El petó va ser diferent del que li havia fet al cine.

Més llarg, més humit, més definitiu, amb aquella sensació de pau atrapada en un sospir i el silenci d'un món que no existia més enllà d'ells.

El Lluís li estava demostrant a crits tot el seu inesperat amor.

I ella es debatia entre extrems oposats, desestabilitzadors.

Aquell petó li agradava. Li agradava molt. La catapultava cap a les estrelles.

Però seguia tenint l'Amàlia al cap.

La mà del Lluís va abandonar la seva i va anar a trobar-li el coll i la galta. La Maria es va rendir a la carícia i es va deixar anar.

Tots dos van caure cap enrere, sobre l'herba, i allà van continuar fent-se petons, aïllats de tot el que no fossin sensacions a flor de pell.

23

Feia una calor inesperada.

No tenia res a veure amb la primavera. Era ja una tòrrida calor estival avançada al juny. La meteorologia s'havia tornat boja i la temperatura els colpejava amb el seu martell de foc.

Tot el dia, la Maria havia estat marejada, amb nàusees, com si alguna cosa se li hagués posat malament. Probablement la pizza de la nit anterior, amb massa ingredients barrejats. Va passar un matí espantós, no va menjar res al migdia, i ara, al teatre de l'institut, que semblava més aviat un forn, les coses no tendien a millorar, sinó ben al contrari.

Estava al límit de la seva resistència.

Tan bon punt acabés l'assaig, agafaria un taxi i se n'aniria immediatament a casa seva, per prendre alguna cosa que l'allegés i ficar-se al llit. Era el que més desitjava.

L'obra ja els sortia perfecta. ¿Calia assajar-la més?

Tots tenien ganes que arribés el dia.

I ella, més que ningú.

Si no hagués estat pel fet que actuar era el que més li agradava en aquells moments, no hauria aguantat allà en la seva situació, marejada i tan malament. Però dia rere dia, aquell verí se li havia anat ficant a la pell, i s'havia apoderat de la seva ment. Actuant se sentia diferent. Capaç de tot. Ara ja estava decidida a provar-ho, a buscar una acadèmia d'art dramàtic on pogués aprendre'n més. Tenia l'estiu per endavant. No n'havia parlat amb el seu pare ni amb la seva mare, de manera que no tenia ni idea de la seva reacció. S'imaginava que ell li demanaria que acabés els estudis, i que després fes el que li donés la gana, que no l'hi impediria. En aquest sentit estava tranquil·la. Però volia començar les classes com més aviat millor, i si no disposava del finançament oportú... Primer parlaria amb la Paqui, perquè li donés suport. Després amb la seva mare. El seu pare seria l'últim.

No li negava res, aprovaria els exàmens sense problemes, encara hi havia una certa complicitat entre ells.

—Maria.

—Oh, sí, perdó.

Va ocupar el seu lloc, els peus situats justament sobre la marca. La Fontsanta també es va dirigir al seu lloc. Era l'única que no semblava que patís els efectes d'aquella estranya calor. Estava radiant, molt maca, amb els cabells formant un arc per damunt del seu cap. Ni una gota de suor li perlejava la pell, i els ulls, en canvi, li brillaven amb la intensitat de dos sols.

L'escena, era la «seva» escena.

—D'acord, Maria. Endavant —va convidar-la el Lluís.

Va alçar el cap i va fingir que mirava alguna cosa situada molt per damunt d'ella mateixa. Es va posar una mà al front per veure-hi millor i va recitar:

—Vaja, un núvol tapa el sol. Sort que no n'hi ha cap més, perquè, si no, estic segura que plouria.

A falta de l'efecte especial que encara no tenien, el Lluís va fer de tro.

—Brrrmmm...!

La Maria va fingir que començava a quedar-se xopa, amb una expressió de gran empipament. Va comptar fins a tres, va fer una cara molt còmica i va arrencar a córrer per protegir-se de la «pluja», fins a un arbre dibuixat en cartró, sota el qual es va aixoplugar. A l'altra banda hi havia asseguda la Fontsanta.

—Oh, i el Serafí m'està esperant! —van dir les dues a l'uníson.

En sentir-se les veus, es van quedar paralitzades. La Maria va moure el cos cap al costat dret, i la Fontsanta va fer el mateix, de manera que no es van veure. Van repetir l'acció cap al costat esquerre, i va passar el mateix. Van tornar a recolzar-se al tronc, i llavors van dir també alhora:

—Deu haver estat l'eco!

De nou, es van quedar paralitzades.

I aquesta vegada, la Maria es va girar cap a l'esquerra i la Fontsanta ho va fer cap a la dreta, de manera que es van veure l'una a l'altra.

—Tu! —van cridar.

Es van posar dretes. El diàleg que venia a continuació era molt divertit, ple d'equívocs i embolics. Però l'esforç d'aixecar-se va provocar la penúltima nàusea a la Maria. Es va adonar que les forces l'abandonaven, que estava molt marejada, que amb prou feines...

El diàleg. Li tocava parlar a ella...

—¿Què hi fas, aquí?

—Jo podria preguntar-te el mateix!, ¿no trobes?

—Ets una...! Ets...!

Va mirar la Fontsanta, tan a prop. Sempre es trobava amb aquells ulls penetrants i aquell mig somriure de misteri als llavis. Hi havia una certa ironia, una certa superioritat, si bé aquesta paraula potser no era del tot exacta. Valia més dir-ne... domini. La Fontsanta exercia una curiosa influència. I després hi havia la seva veu, capaç de penetrar-la i perforar-li la ment i les emocions. Parlava sempre utilitzant figures gairebé literàries, metàfores, una retòrica que la desconcertava.

El diàleg...

Va mirar el Lluís.

L'escena s'havia aturat. El rellotge no avançava. Tots estaven immòbils. L'única cosa que amenaçava de desbordar-se era el seu cap. I, per descomptat, l'estómac. Sentia com si alguna cosa l'hi estirés cap amunt, per treure-l'hi per la boca. L'arcada va fer que tremolés, però com que tots estaven paralitzats, atrapats en aquell moment que no avançava, només ella va sentir aquell efecte aclaparador. El Lluís intentava dir alguna cosa. Una síl·laba s'entestava a esdevenir eterna als seus llavis, i el so era molt greu.

No va ser l'estómac el que li va sortir per la gola.

Va ser la consciència, que se li va esvair en un no-res sense fi.

Quan va caure desmaiada a terra, el món sencer va tornar a recuperar el seu moviment habitual.

24

La realitat era confusa.

El somni, també.

De manera que no sabia on acabava una i on començava l'altre.

¿A qui li feia un petó?

¿Qui li feia un petó a ella?

Li agradava.

Li agradava la carícia, el frec, l'olor, la pau, la finor d'aquells llavis, la delicadesa amb què lliscaven per damunt de la seva pell, el seu contacte vellutat, el silenci, l'amor, la calor, la manera d'arribar i aclofar-se a la carn, la manera d'enlairar-se deixant l'empremta del seu secret, la manera de volar per damunt del seu cos a la recerca de nous punts d'aterratge, l'espera, el temps, la sensació d'eternitat, l'angoixa, la dolçor, la passió temperada, el...

Li agradava.

En la realitat no es podia bellugar; estava desperta, però immobilitzada.

En el somni sí, i parlava.

—¿Lluís?

Més petons, més dits tocant els instruments de l'orquestra del seu cos, més vibracions harmòniques sacsejant-li els pentagrames de l'esperit.

—¿Ets tu?

Cap resposta. S'esforçava a obrir els ulls i no podia. S'esforçava a portar les paraules del seu somni a la realitat i no podia. Però no volia cridar, només obrir els ulls. Cada carícia tenia implícita una reflexió. Cada espurneig, una por. Cada petó, un anhel furtiu que se li escapava.

¿On era?

¿Per què sentia aquella excitació profunda, íntima?

Potser era encara presonera d'aquell moment, atrapada en el seu espai breu però immòbil.

Va recordar l'escena, el seu desmai.

Així, doncs, era això.

Un desmai, la realitat i el somni.

¿A qui li feia un petó? ¿Qui li feia un petó a ella?

Va voler despertar-se. Va treure forces de flaquesa, la calma necessària per arribar a l'autocontrol. Va comptar fins a deu. Un, dos, tres... Va respirar, va expulsar l'aire. Quatre, cinc, sis... El silenci exterior es va anivellar amb l'interior. No era la primera vegada que dormia pensant que estava desperta o que estava desperta pensant que dormia. Només era qüestió d'asserenar-se. Set, vuit... Ja arribava la connexió. Nou, deu...

Va obrir els ulls.

Al seu costat, agafant-li la mà, inclinada sobre ella i molt a prop, va veure la Fontsanta.

—Hola —va xiuxiuejar la seva companya a l'obra.

—¿Què... ha passat? —va aconseguir articular.

Estava marejada; li pesava el cap, i les parpelles.

—T'has desmaiat —va dir la Fontsanta.

—¿Jo?

—¿No deus estar embarassada?

—No!

Es va abstenir d'afegir que això era impossible.

—Tranquil·la —va somriure la Fontsanta—. Descansa una estona. Ha estat la calor, els nervis pels exàmens i alguna cosa que se't devia posar malament.

—¿On sóc?

—Al vestidor.

La Maria es va mirar el cos. Tenia la brusa descordada, igual que els sostenidors, perquè res no li fes pressió. Li havien tret els pantalons, i les seves calces de color blau turquesa contrastaven amb la blancor de la seva pell.

—¿Qui m'ha...?

—Hem estat nosaltres, les noies, tranquil·la —va calmar-la la Fontsanta—. Per això el Lluís és a fora. ¿Vols que el cridi?

—No, espera.

—És clar.

Va tancar els ulls. S'havia de vestir, però se sentia sense forces. Necessitava un minut o dos per descansar. El mareig persistia, i la sensació d'esgotament encara més.

La Fontsanta li va passar alguna cosa humida i freda pel front.

—Quina manera de fer el ridícul —va gemegar la Maria.

—No diguis disbarats —va retreure-li la seva companya.

Va seguir amb els ulls tancats, mentre ella li passava el mocador mullat per la cara, el pit, el ventre, les cuixes. Sentia la seva nuesa com una cosa violada, no compartida voluntàriament, però no hi podia fer res. La nuesa que en el somni era una part de si mateixa.

El somni.

La realitat.

La mateixa sensació: no saber on acabava un i on començava l'altra.

Però aquells petons, aquelles carícies, havien estat tan forts i intensos...

25

Eren els pitjors dies.

Exàmens, la representació teatral, ella amb el Lluís, la por derivada del fet de no saber què estava fent, l'Amàlia amb el Baltasar, la por d'imaginar el mateix, els problemes que a vegades es disparaven i d'altres s'amuntegaven fins a enterrar-la.

El més dur de tot era aquella soledat, física i anímica.

Trobava a faltar l'Amàlia, a qui veia en comptades ocasions, a l'institut, sense gaire temps per parlar i sincerar-se, per passar una tarda sencera buidant els compartiments estancs de les seves ments.

Com abans.

Quan les coses eren molt més senzilles.

Per si no n'hi hagués prou, l'Amàlia no estava bé, i corria en una mena de cercle infernal fent voltes sense sentit. D'una banda, hi havia el seu pare, enfonsat per l'abandó, a vegades tan al fons de si mateix que, per a la seva filla, la por d'una rendició total esdevenia anguniosa. D'altra banda, hi havia la seva mare, que vivia el somni del *begin the begin*, el tornar a començar somiat per la meitat dels éssers humans atrapats en el vertigen d'una presumpta decadència. L'Amàlia seguia sense voler veure-la en el seu nou món, i es negava a posar els peus a casa seva, d'esquena a una evidència que ja només ella semblava negar. Potser per aquesta o aquestes raons, s'aferrava tant i tan sobtadament al Baltasar.

L'Amàlia tan enamorada per...

La Maria va sortir del bany mullada, sense mostrar la més mínima intenció d'eixugar-se. Feia tanta calor que li venia de gust sentir les gotes d'aigua corrent-li pels cabells, el rostre, el cos, i lliscant-li per la pell en aquella esbojarrada cursa cap avall, recorrent els camins del seu breu continent. Era una frescor tonificant. Tant de bo pogués sentir-la al llit, de nit.

Tan lliure.

Com cada dia, l'enfrontament amb el mirall va resultar diferent. A vegades li parlava. A vegades li preguntava. A vegades li robava la seva imatge. A vegades només s'hi mirava. A vegades...

Tantes vegades.

Sempre ella mateixa, i a l'altra banda del mirall el reflex del seu passat.

Se li va eriçar el pèl, va tenir una esgarrifança. La pell se li va inundar de petits piquets punxeguts, com si de sobte la seva suavitat s'hagués convertit en un aguller que, allà baix, pugnés per sortir a la superfície. Però no es va moure; va restar recolzada al rentamans, i es va observar amb aquella fixesa que a vegades arribava a transmutar-la. La seva mirada estava quieta, fixa en ella mateixa.

«¿Qui ets?», «¿Qui ets?», «¿Qui ets?».

I el més angoixant: «¿Què ets?».

Era divendres a la nit. Els seus pares tornaven a passar el cap de setmana a casa de la tia Francesca. Sense elles. Ja havien tirat la tovallola. La Paqui amb la cara llarga era insuportable, i ella tenia exàmens. Entre tots havien segellat una mena de *statu quo* sense paraules. De manera que es respirava una falsa pau i una calma tensa. Semblava que esperessin.

Esperessin el temps.

El seu pas, sempre esmorteïdor.

La Maria no va saber si tenia més ganes de plorar que d'arrencar a córrer, com gairebé sempre que sentia la premonitòria arribada d'aquella por que l'envaïa. O més desitjos de ficar-se al llit i dormir que asseure's davant del televisor per dopar-se amb una pel·lícula com més eixelebrada millor. Els dubtes esdevenien cada vegada més presents, i les respostes cada vegada més incongruents de tan diferents. Blanc o negre. D'un extrem a l'altre. El pitjor era que no estava sola a casa. Ni la Paqui tampoc. Tot i que aquesta vegada no havien fet el més mínim soroll, el Ferran i ella eren a la seva habitació, jugant-se-la.

Es preguntava si era amor, necessitat, desafiament...

L'Amàlia aniria al cine amb el Baltasar.

—Veniu el Lluís i tu, va, sisplau! —va implorar-li.

I ella seguia sense estar segura que fos el més adequat.

No ho entenia, però...

Moltes amigues, quan s'enamoraven, perdien el contacte, se separaven de mica en mica. Es feien promeses, juraments de fidelitat, però al final podia més l'amor, la relació amb la parella. Havia llegit una novel·la que en parlava. En recordava una frase: «Moltes noies estimen tant la seva millor amiga que, quan aquesta s'enamora, elles se senten rebutjades i marginades, i ho passen molt malament».

Marginada i rebutjada.

¿Es tractava d'això?

No, no volia veure cap pel·lícula, però tampoc no estava segura de voler tornar a la seva habitació i enfrontar-se als crits i els gemecs del Cinc Minuts, que si més no ja era dins la categoria dels Set o més. L'odiava. Era el cavernícola més troglodita de tots els nois que havia conegut o s'havia imaginat mai.

I estava començant a odiar la seva germana pel fet d'imposar-l'hi.

Quan es disposava a agafar la tovallola, per eixugar-se d'una vegada, la imatge en què estava pensant es va materialitzar allà, a la porta, després d'haver-la obert de cop i sense trucar.

El Ferran.

Tan nu com ella.

L'escena tot just va durar una fracció de segon. Un vist i no vist. Però va ser suficient. El nòvio de la seva germana es va impregnar d'ella, i ella d'ell.

La Maria va ser la primera a reaccionar.

Probablement, el crit va travessar totes les parets del pis, de l'edifici, de l'illa de cases.

—Fora! Fora!, ¿em sents? —es va tapar amb la tovallola, histèrica, al·lucinada—. Tu no vius aquí! Hi ha més gent, maleït sigui! Ets un idiota acabat!

Volia moure's i tancar la porta. El Ferran encara no sabia què fer, excepte tapar-se amb les mans. La seva imatge era patètica, prim, horrible, amb el seu aspecte de delinqüent juvenil, els cabells curts, la pell blanca amb unes quantes taques vermelles.

Darrere seu ja havia aparegut la Paqui, tapant-se amb alguna cosa, espantada.

—Ho... sento... —va quequejar ell.

—Digues al teu nòvio que...! —es va quedar sense paraules i, per fi, va aconseguir arribar a la porta—. Merda, collons!

La va tancar amb totes les seves forces, sacsejant l'aire, de manera que, després del crit, el pis i la casa van tremolar amb l'estrèpit.

A l'altra banda va sentir que discutien, el Ferran excusant-se i la Paqui clavant-li la bronca. Moviments i murmuris que van acabar quan tots dos es van refugiar a l'habitació de la seva germana.

Tornava a estar sola, davant del mirall, encara mal tapada per la tovallola que aguantava tremolant de ràbia.

Ara ja no tenia ganes de plorar, sinó de matar algú.

26

El teatre de l'institut era ple. Platea, amfiteatre, i fins i tot gent dreta al fons i als costats. Havia corregut la veu que aquell any l'obra valia la pena, i que tot i ser un treball d'aficionats, ho feien bé, amb actors i actrius a l'altura, i una direcció exemplar.

El primer acte va acabar entre aplaudiments autèntics, sincers. Una càlida ovació que els havia animat encara més. El segon anava vent en popa. Cap error, cap problema. El Lluís els movia per última vegada com si fossin fitxes d'un tauler imaginari, amb desimboltura i habilitat. Entrades, sortides, coreografies «de masses», i com a resultat final, el *divertimento* produïa l'efecte perseguit: divertir. Les riallades eren a vegades tan eixordadores que havien de parar un moment per permetre que la gent pogués escoltar les paraules següents.

Entre bastidors, els nervis anaven deixant pas a mirades enceses, brillantors i ànims.

—Bé!

—Així!

—Et toca, atenció...!

—Preparada!

La darrera escena fluïa amb l'adrenalina al màxim, imparable en el seu efecte catàrtic sobre la gent. La Maria resplendia com una petita deessa. La Fontsanta dominava amb la seva presència. El Lluís desprenia un magnetisme veritablement professional. La resta encaixava. Amb la crescuda final va arribar també el moment suprem de recollir els aplaudiments, el premi a tants assajos i dies de treball.

La gent, dreta, els ovacionava.

La Maria no s'ho podia creure.

Era allà dalt, a l'escenari, i el públic, a baix, completament entregat. Podia veure'n els rostres contagiats d'alegria, els somriures, els ulls oberts, i fins i tot podia gairebé sentir els comentaris que s'abocaven els uns als altres entre assentiments de cap. Al seu costat, el Lluís li va estrènyer la mà mentre saludaven. Va mirar-lo tot just un moment i ell li va fer l'ullet, feliç.

Mai no s'havia sentit igual.

Mai a la vida havia experimentat una sensació semblant, de força, poder, equilibri, pau, seguretat..., tantes i tantes coses barrejades que la convertien en pura essència. Ella, la insegura, la tímida, era aplaudida després d'haver actuat per primera vegada en públic. El Lluís tenia raó. Ell ho havia vist. Tenia alguna cosa.

I aquella cosa li marcava un camí, li obria la vida per endavant amb un sentit real.

Va voler capturar el moment, fer-lo etern, aturar el temps, però tan sols va poder emborratxar-se amb aquell èxtasi total. Després de dos o tres minuts saludant el públic una vegada i una altra, els aplaudiments van minvar. Quan per fi van entrar al *backstage* per no tornar a sortir, l'efecte va desaparèixer, però només parcialment. De sobte, els camerinos es van convertir en un formiguer de gent, des de famílies dels actors i actrius fins a professors i professores de l'institut, des d'amics dels intèrprets fins als qui simplement volien ser allà. Hi va haver abraçades, amb la Fontsanta, amb el Lluís. El núvol va esdevenir celestial.

—¿Convençuda? —va ser l'única cosa que va dir-li ell.

—Ara començo a estar-ho —va reconèixer ella.

I, acostant-se-li a l'orella mentre l'abraçava per segona vegada, va repetir-li aquelles paraules que ella tant temia:

—T'estimo.

Però aquesta vegada la Maria va tancar els ulls i va voler retenir-lo allà, entre els seus braços, per absorbir-ne tota l'escalfor.

Va ser estrany descobrir que el necessitava.

El Lluís es va apartar del seu costat per atendre altres felicitacions. Una veu inconfusible el va substituir darrere seu.

—Figura!

Va girar el cap i es va trobar amb l'Amàlia. L'havia vist asseguda al fons a la dreta, amb el Baltasar al costat. I ara eren tots dos allà, ella radiant i ell il·luminat amb un somriure de complicitat. Amb prou feines va ser un vist i no vist, ja que la seva amiga se li va llançar al damunt per abraçar-la.

—Has estat genial, tia! Genial! Ets increïble!

La va estrènyer, aixafant-la contra el seu cos, i la Maria va correspondre a l'abraçada amb un cert aire de recuperació. Aquells últims dies l'havia necessitada.

Aquesta era la paraula justa: necessitar.

—¿Ho dius de debò, que t'ha agradat?

—Molt —l'Amàlia es va apartar per mirar-la—. Ets molt bona. —Va remarcar el «molt». Els seus ulls expressaven tant com el seu èmfasi—. M'he quedat...

El Baltasar va intervenir per primera vegada.

—Felicitats —va fer-li un petó a la galta—. Estic sorprès.

—Tu estàs sorprès des que em coneixes —va encolomar-li l'Amàlia.

Es van posar a riure.

La Fontsanta va passar per darrere del Baltasar i l'Amàlia. També ho feia ella, amb un d'aquells característics somriures tan peculiars, carregats d'intencions, ulls irònics, brillantor incisiva, una intel·ligència subtil que sobrevolava amb força totes les proximitats i distàncies del seu voltant. Va capturar la mirada de la Maria i se la va quedar durant un o dos segons. Va esmicolar-la i l'hi va tornar feta misteri.

Després es va allunyar, repartint paraules i abraçades i rebent les que li corresponien pel seu èxit.

—Els teus pares són a fora —va reaccionar en sentir la veu de l'Amàlia—. No s'atreveixen a entrar.

—Vaig a parlar amb ells. ¿Us quedareu?

—Sí, ¿anirem a prendre alguna cosa? —va proposar la seva amiga.

—D'acord.

—Serem per aquí.

La Maria va sortir de la zona dels vestidors. El seu pare, la seva mare i la Paqui parlaven entre ells en un racó. Es va adreçar a tots tres i es va repetir l'escena, amb noves abraçades i petons. De la primera cosa que es va adonar, a més de la sorpresa de la Paqui i de l'orgull de la seva mare, va ser l'emoció que ennuegava el seu pare. Va ser una sorpresa.

I encara més quan, inesperadament, va sentir que deia:

—No et coneixia, ¿saps? Vull dir que aquí dalt, de sobte...

—El teu pare anava dient: «No em puc creure que sigui la Maria» —va intervenir la Leo.

—Si és que ni jo et coneixia —va dir la Paqui.

La Maria seguia estant pendent d'ell.

—Això és... important per a tu, ¿oi?

—Encara no ho sé, papa. Però crec que sí. La veritat és que m'agradaria provar-ho.

—Decideixis el que decideixis, estarà bé —va pressionar-li els dos braços.

Continuava l'emoció. Poques vegades recordava haver vist el seu pare d'aquella manera.

I va saber que era el millor dels aplaudiments possibles.

—Gràcies, papa —va tocar-li el torn d'abraçar-lo a ell.

Igual que uns minuts abans, quan va voler aturar el temps i apoderar-se d'aquell àngel que sobrevolava la seva ànima en rebre el premi del públic, va intentar aturar ara aquell temps per fer-lo encara més seu.

¿Quantes vegades tindria el cor del seu pare al palmell de la mà?

LA TERCERA VERITAT

27

ERA EL PRIMER DIA DE VACANCES.

Un estiu per endavant.

Un món.

Feia una bona estona que era al llit, pensant, fent plans, mirant d'ordenar idees i de forjar promeses. Els llibres que volia llegir, les cartes que tenia ganes d'escriure, la posada al dia que necessitava plantejar-se, els desitjos mai complerts que s'ajornaven a vegades per causes de força major i d'altres per desídia.

Amb l'estiu per endavant, tot semblava més fàcil.

Continuaven els dubtes, els recels, les inquietuds, les preguntes sense resposta, les respostes a la recerca de pregunta, la imatge del mirall sempre distant malgrat que es tractava d'ella mateixa; però, de sobte, el fet de poder aferrar-se a alguna cosa feia que se sentís una mica, només una mica més forta. ¿Qui va dir: «Doneu-me un punt de suport i mouré el món»? Ella acabava de trobar-lo amb aquell èxit inesperat en el seu debut teatral, tot i que la paraula *debut* encara estigués escrita en minúscules. Li semblava que trobar un camí al desert era el millor que li podia haver passat en aquells moments.

I el camí era allà.

Ample i ferm, al desert del seu present.

Encara que només fos per això, havia d'agrair-ho al Lluís.

¿Donar-li una oportunitat?

En aparèixer ell enmig dels seus pensaments, tot el que flotava dins del seu cap a la recerca d'ordre es va difuminar. Ni tan sols es va adonar que somreia. Qualsevol li hauria dit que tenia sort, molta sort, per una cosa tan bonica com aquella. ¿I quantes noies devien sospirar pel Lluís? El «t'estimo» de la nit de la representació vibrava amb l'harmonia de la seva música, dringant pel seu cap, escampant ecos lluminosos per tots els racons del seu ésser.

Si algú mereixia ser feliç, era ell.

Va odiar el timbre del telèfon quan va començar a sonar i aquella pau virtual es va convertir en quotidianitat. Va estar a punt de no aixecar-se del llit i no fer cas de la trucada. Després va recordar que estava sola, que podia ser alguna cosa important o urgent, i que li havia de trucar el Lluís, de manera que es va aixecar i va anar fins a la sala per agafar el telèfon sense fils.

Ho va fer, i va tornar a l'habitació mentre parlava.

—¿Sí?

—Sóc jo.

Jo era l'Amàlia.

—Hola.

—¿Què fas?

—Res —va sospirar la Maria—. ¿No és meravellós?

—Meravellós és poc. És una passada!

—¿Què fas?

—Morir-me d'avorriment —es va posar a riure l'Amàlia—. ¿Quedem per després?

—D'acord.

—T'he deixat molt abandonada, ja ho sé.

—Ja he posat un anunci a la secció de contactes del diari: «Noia sola busca una ànima en pena per compartir bons rotllos».

—*Mea culpa* —es va excusar l'Amàlia—. Ens posarem al dia en un tancar i obrir d'ulls, perquè al Baltasar només el puc veure quan acaba de treballar.

—¿Al bar, després de dinar? —va proposar la Maria.

—Portaré texans i la meva samarreta de la sort, perquè em reconeguis.

—Burra —es va acomiadar ella.

—*Ciao*.

Va tallar la comunicació, però es va quedar al llit, on s'havia deixat anar mandrosament. No va tenir ni tan sols temps de deixar l'aparell a la tauleta de nit perquè va tornar a sonar.

—¿Maria? —va sentir la veu del Lluís.

—Pensava en tu.

—Bé! —va cantar ell.

—No siguis tonto.

—Home, que una tia tan difícil faci concessions sempre és important. ¿En què pensaves?

—En res concret —va passar per alt la primera part del seu comentari—. ¿Com va?

—Et truco per allò de la revetlla, perquè ho diguis a l'Amàlia. Al final sí que la farem a casa del Rafa. Tota per a nosaltres sols! Serà fantàstic, perquè és una torre preciosa, amb piscina, jardí...

—Sona de pel·lícula.

—¿Ja has parlat amb els teus pares?

—Sí.

—¿I què, i què?

—Res, cap problema, ja t'ho vaig dir.

—¿Et deixen passar la nit fora?

—És la revetlla de Sant Joan, home. És un dia especial, i si els dic on seré... El que els fa por és que vagi en cotxe a altes hores de la matinada amb algú i tot aquest rotllo. A més, com que hi aniré amb l'Amàlia, estan més tranquils. Se'n fien molt, d'ella, ja ho veus —va dir-ho gairebé amb sorpresa—; la troben molt assenyada, seriosa i responsable, i pensen que estant juntes ens ajudem l'una a l'altra.

—Serà genial —va dir el Lluís.

—A mi també em fa molta il·lusió.

Hi va haver dos o tres segons de silenci. Va tenir por que ell es deixés portar pels sentiments, embolcallats amb la promesa d'aquella esperada sortida la nit més curta de l'any. Potser ho hauria fet. No obstant això, quan va reaparèixer a la línia, va parlar d'una altra cosa ben diferent.

—¿Quan vols que anem a veure allò de l'acadèmia?

—Després de Sant Joan, ¿no?

—Entesos.

—El meu pare no para de dir-me que va estar molt bé, que s'ho va passar pipa, que es va quedar molt parat i moltes més coses. De debò que si em punxen no em surt sang. Cal veure-ho per creure-ho. És al·lucinant.

—¿I la teva mare i la teva germana?

—La mama també n'està orgullosa, però a ella això que sigui «artista»... Ja li he dit que tranquil·la, que en primer lloc em falten uns quants anys, i, després, que jo no sóc de les que sortirà a les revistes del cor encara que aconsegueixi alguna cosa. La Paqui és qui em dóna més suport. Diu que pel fet de ser «germana de» es lliga molt més.

—¿I el seu Ferran?

—Potser està recuperant la intel·ligència, o la vista, o totes dues coses alhora.

—En tot cas, t'ho vaig dir, ¿no?

—Sí —va reconèixer la Maria—. No sé com ho vas poder veure, però sí.

—Tampoc no vol dir res. El que més m'interessava era lligar amb tu.

—Que n'ets, de ximple!

—Cal buscar-se la vida!

—Jo encara ho veig com un somni.

—Tu i els teus dubtes —va manifestar el Lluís reflexivament—. El més important és la base, i tu la tens. La resta s'aconsegueix estudiant i amb paciència...

—Probablement em van parir dubtant, ja ho sé.

—Quan et donin el Goya, espero que me'l dediquis.

—Vinga!

Creia en ella. Això també era especial. Això també comptava.

Va tancar els ulls i va balancejar una cama sobre l'altra. Estiu. Vacances. Tres mesos de futur al davant. Passaria la tarda recuperant el temps perdut amb l'Amàlia. Quedaria amb ell. I seguiria fent plans, tot esperant que les peces del trencaclosques acabessin ordenant-se al seu cap, soles o amb ajuda.

En algun lloc devien estar esperant aquelles respostes, les solucions a tants enigmes.

Sí, primer dia de vacances.

Un estiu per endavant.

Un món.

Ni ella ni ell no tenien aparentment cap pressa, de manera que van continuar parlant.

28

La revetlla de Sant Joan ocupava el seu horitzó més immediat. Va ser la primera cosa que van comentar després de reunir-se.

—¿I qui és aquest Rafa? —va preguntar l'Amàlia.

—Un amic del Lluís.

—¿Amb una torre que té piscina i jardí? —va fer cara d'expectació.

—Està bé, ¿no?

—De pel·lícula. Hollywood, tu. El pitjor és que segur que hi haurà molta gent i no coneixerem ningú.

—¿Des de quan a tu et fa falta conèixer la gent?

—Sí, ¿oi? —l'expressió de l'Amàlia va esdevenir maliciosa.

—Jo només coneixo els del teatre.

—¿Vindrà aquella noia, la Fontsanta?

—Sí, ¿per què?

—No ho sé, però em fa venir esgarrifances.

La Maria va alçar les celles.

—¿De debò?

—La trobo... no ho sé, estranya. Té un punt...

—És una tia molt interessant —va dir ella.

—Tot el que tu vulguis. Jo no dic que no sigui interessant, fascinant o intel·ligent. Només dic que quan la vaig conèixer em va agafar un no sé què —l'Amàlia va fer un gest ambigu—. És rara i ja està.

—Bé, suposo que sembla una mica prepotent.

—És alguna cosa més que això —la seva companya va canviar el to per afegir—: Però, escolta, no em facis cas.

—No, si jo tampoc no la conec gaire.

—¿Et cau bé?

—Normal.

—Potser és aquella mirada, la seva manera de parlar, d'estar.

—Hi ha persones que són incompatibles i no saben per què —va dir la Maria.

—No es tracta d'això. Segurament és una tia genial. Vull dir que... —va tornar a canviar d'expressió amb disgust—. ¿Per una vegada que estem soles, hem de parlar tota l'estona d'ella?

—Vinga, explica'm com et va amb el Baltasar.

—¿Per una vegada que estem soles, hem de parlar del Baltasar? —va repetir, aguantant-se el riure.

—Això, tu mateixa.

—Ahir em va dir que volia anar a una revetlla que ha muntat un amic seu.

—Oh, no! —va protestar espantada la Maria.

—Ja li vaig dir que havia quedat amb tu i que això no era negociable. I res d'anar primer a una i després a l'altra.

—Quina sort. Els meus pares m'han dit que si tu hi ets...

—¿No em diguis que hauré de venir a casa teva i tot aquest rotllo?

—No, però els he dit que series a la festa. I si no véns i se n'assabenten...

—Tranqui, no penso deixar-te sola davant del perill.

—¿Quin perill?

—La revetlla, tia! —l'Amàlia va obrir les mans i els ulls—. És com les festes de final de curs dels ianquis! Limusina, roba de fantasia pel·liculera, ball, horterada... i habitació d'hotel per desflorar la donzella!

—Au, va!

—¿Què et pensaves? —va creuar els braços—. Això funciona així. ¿No saps que hi ha milers de rotllos que comencen la revetlla de Sant Joan, perquè ell se li declara i ella, captivada per la nit, diu que sí? ¿I no saps que és una de les nits de l'any en què es fa més l'amor? Una nit boja, la beguda, la passió, el solstici d'estiu, els focs artificials, la sortida del sol... Tot encaixa!

—Mira que n'ets, de pel·liculera —va exclamar la Maria.

—Doncs el Baltasar està com una moto. Diu que serà la nostra nit de noces oficial. Ja veuràs com el Lluís es llança.

—Si jo l'hi permeto, és clar.

—¿L'hi permetràs?

—¿Que t'has tornat boja?

—Vinga, dona. És perfecte!

—O sigui que, com que tu estàs enganxada, jo també haig de caure.

—Tia —l'Amàlia li va agafar les mans—. ¿No saps reconèixer la sort quan se't presenta? Som dues privilegiades! El Baltasar és perfecte, i el teu Lluís... Vinga, dona: no és més que una revetlla. Promet-me que t'ho passaràs bé! Una bogeria de tant en tant és... T'ho vaig dir fa uns dies, ¿te'n recordes?, quan estaves rara. Necessitàvem lligar.

Seguia estant rara, però es va estimar més no dir-l'hi.

—Estàs boja —va somriure la Maria.

—Avui més que ahir, però menys que demà. Saps una cosa: ahir vaig veure la meva mare.

—¿De debò? —es va encarcarar—. Bé, ara ja sé per què estàs així.

—¿Així, com?

—Va, explica —va animar-la la Maria.

—¿Què vols que t'expliqui? No hi ha res per explicar. És feliç, o va d'això, de tia feliç. Està enamorada i sembla que tingui vint anys. ¿Què et sembla?

—No ho sé —va reconèixer la Maria.

—Ella sí que està boja.

—Sempre ha estat diferent, però això no és estar boig.

—Jo només sé que una tia normal de quaranta anys no fa això. Té tanta pinta de mare com jo de monja de clausura.

—O sigui que totes les mares han de ser com la meva.

—Més o menys.
—No sé què dir-te.
—Val més que no diguis res —el gest de l'Amàlia va tornar a ser d'empipament—. Em penso que qui tindrà ara un atac de pànic seré jo. ¿Saps?, el meu pare i la meva mare es van enrotllar en una revetlla de Sant Joan. Ells sempre celebraven aquest aniversari i ara...
—Ostres! Ara ho entenc. Deu estar fatal, l'home.
L'Amàlia va arronsar les espatlles.
—I la meva mare somrient, feliç, amb les seves sabates d'agulla, les faldilles tub, els seus escots impossibles, els seus cabells radiants, el maquillatge al punt. Uau! —va fer ballar els deu dits de les mans—. Gairebé no m'ho podia creure. Ningú no em mirava a mi, però pel que fa a ella...
—¿També hi era...?
—¿Ell? No! Només hauria faltat això! Ens vam veure soles, i després d'insistir que es trobava tan bé, que ara la seva vida era molt diferent i tot aquest rotllo, va deixar anar unes quantes llagrimetes i em va demanar perdó.
—¿Què vas fer?
—¿Què volies que fes? Vaig dir-li que això ho digués al papa. Em va contestar que ja l'hi havia demanat, però que ell no volia escoltar-la —l'Amàlia s'havia posat, més que trista, rabiosa—. La veig i... no ho sé, ¿m'entens? És la meva mare i de sobte no la conec. Sempre ha estat diferent, d'acord, però perquè era molt animada, per la seva manera d'aprofitar la vida, pel seu dinamisme i la seva vitalitat. Això és diferent. Moltes nits sento com el meu pare plora, i no sé què fer. Em quedo al llit, quieta, amb el cor encongit. A sobre, penso el mateix que ell: que s'ho deu estar muntant amb aquell imbècil. ¿T'ho imagines? —es va estremir—. Tal com ella, i a sobre enamorada i boja...
—Una no s'imagina mai els seus pares fent-ho, i encara menys amb una altra persona.
—És fastigós —va dir l'Amàlia.
—No hi estic d'acord. En això, no. ¿Per què ha de ser-ho?

—Mira qui parla! —la seva amiga va recuperar una mica el somriure—. La senyora Desinhibida Campi Qui Pugui!

La Maria no li va fer cas. No volia discutir. No amb ella ni en aquell moment. Comprenia el seu disgust, el tràngol amarg pel qual passava. Era si fa no fa la crònica d'un esclat anunciat, i a vegades esperava que es produís, per part d'ella, de la seva mare, del seu pare. Les ferides seguien obertes, no havien cicatritzat. No en tan poc temps.

Es va preguntar si aquella desconeguda passió i bogeria pel Baltasar devia tenir alguna cosa a veure amb el que li passava, la separació dels seus pares, la fugida cap endavant de la seva mare.

—Perdona —va xiuxiuejar l'Amàlia.

—No siguis ximple.

—¿I a tu com et va amb el Lluís?

—No ho sé.

—¿Segueixes igual?

—Sí.

—Quan no t'ho esperis... —va alçar les celles de cop.

—Primer m'haig d'aclarir jo —va confessar la Maria.

—¿Vols fer-me cas?

—¿En què?

—Deixa que a la revetlla les coses flueixin per si mateixes, ¿d'acord?

—¿En quin sentit?

—Tu deixa que flueixin. Res més. Ni les forcis ni t'hi oposis. ¿Ho faràs?

—És que no sé si...

—Promet-m'ho —va insistir l'Amàlia.

La coneixia. No la deixaria en pau fins que no ho fes.

I no venia d'aquí!

No era més que una paraula.

Volia que l'Amàlia fos feliç, estigués contenta, tornés a sentir-se bé. I tot això independentment del Baltasar. Ell potser seria una aventura passatgera. Els seus pares, no. Ni la seva amistat.

—T'ho prometo —va concedir.

I sense saber com, inesperadament, es va sentir atrapada per aquella promesa.

29

La Maria va obrir la porta de casa seva immersa en els seus pensaments. No va fer soroll, ni quan va girar la clau ni quan va tancar el batent de fusta, gairebé silenciosament. Es va dirigir a la seva habitació i, un parell de passes abans d'arribar-hi, va sentir el gemec.

Es va quedar paralitzada.

Provenia de l'habitació de la Paqui.

Va mirar l'hora. Es va mossegar el llavi inferior. No era precisament divendres o dissabte, sinó un dia normal i corrent. Els seus pares estaven a punt d'arribar. ¿Com era possible que la seva germana s'arrisqués d'aquella manera amb el Ferran?

No va saber què fer, va vacil·lar. Si trucava a la porta i l'hi deia, semblaria una intromissió. Si callava i passava alguna cosa..., no volia ni pensar-hi. Potser no s'havien adonat de l'hora que era. La Paqui estava cada vegada més pirada amb allò, però el troglodita...

Un altre gemec, llarg, prolongat.

Tan llarg i prolongat, que va comprendre que allà no hi havia el més mínim gaudi ni plaer. Sonava diferent.

Dolorós, trist.

Va acostar l'orella a la porta i va esperar amb la respiració continguda. Era la Paqui, d'això n'estava segura. La seva germana xuclant-se les llàgrimes, agitada, plorant d'una manera sorda i densa.

Es va espantar i es va oblidar de les seves prevencions.

Va trucar a la porta, primer amb molt de compte, per no espantar-la.

—¿Paqui?

No hi va haver cap resposta, tan sols un silenci inesperat.

Va repetir el gest, ara amb més contundència.

—¿Paqui?

—¿Què vols? —li va arribar la veu de la seva germana des de l'altra banda.

—¿Estàs bé?

—Vés-te'n!

Va ser com si la convidés a entrar. Va posar la mà al pom de la porta i la va obrir.

La Paqui s'acabava d'eixugar les llàgrimes i els mocs amb l'avantbraç, ja que la va sorprendre en la part final del gest, abaixant-lo. Els ulls, tanmateix, la delataven. Vermells i violentats pel dolor. El seu rostre tenia empremtes d'un envelliment prematur causat pel sofriment, i el cos, enfonsat, doblegat cap endavant. Estava asseguda al llit.

—Vés-te'n —va demanar-li de nou, sense gaire convenciment.

La Maria no li va fer cas. Va tancar la porta darrere seu i es va acostar al llit, més i més espantada. Es va trobar amb una mirada traumàtica per part de la Paqui, mig endurida mig suplicant. Una mirada a través de la qual li mostrava ressentiment, gairebé odi, però submergit en una gran amargor que la feia esdevenir patètica. La Maria es va asseure al seu costat, i la Paqui es va rendir a l'evidència que es quedaria allà amb ella.

—¿Què et passa?

—Res.

—¿Segur?

—Deixa'm en pau!, ¿vols?

—Va, explica-m'ho.

—Que no, pesada!

—Abans...

—Abans érem unes criatures! Vés-te'n, maleït sigui! Vés-te'n d'una vegada!

No ho va fer, de manera que va ser la Paqui qui es va aixecar, feta una fúria, va travessar l'habitació i va sortir per la porta. La va tancar de cop. La Maria va sentir com obria la del bany amb la mateixa intensitat i violència.

Va restar asseguda al llit, esperant. Amoïnada.

La Paqui va trigar dos minuts llargs a tornar. Quan ho va fer, va ser diferent. Va obrir novament la porta de l'habitació i va entrar a dins en silenci, amb el cap baix. La Maria va pensar que s'enfadaria perquè ella encara era allà, i que la faria fora a la força, però es va equivocar. El primer indici de rabiosa desesperació i violència per haver-la sorprès plorant, havia donat pas a una resignació i un esgotament que acceleraven la rendició final. S'havia mullat la cara amb la tovallola, però el seu aspecte encara no era bo. Una ruïna.

L'hi va dir encara dreta.

—Ho hem deixat córrer.

La Maria ho va entendre de seguida.

—¿De debò?

—Sí.

No s'ho podia creure. No tenia sentit. Després de tanta bogeria, tanta passió, tant sexe...

—Bé, en realitat ha estat ell —va dir la Paqui.

—¿Per què?

—Diu que anàvem massa de pressa, que no podia pensar, que... —la fúria va reaparèixer quan va estrènyer els punys i va exclamar—: I una merda!

La Maria va fer el gest d'aixecar-se. La seva germana l'hi va impedir. Va posar les dues mans al davant, a manera de pantalla, i va moure el cap en sentit horitzontal, un parell de vegades. Va respectar el seu desig i va continuar asseguda al llit, mentre veia com ella caminava d'un costat a l'altre, abraçada al seu propi cos.

—Els tios són uns cabrons! —va exclamar la Paqui—. Et clissen, van de puto cul per tu, se t'enrotllen, et diuen això i allò altre, i tu t'ho empasses com una idiota. Després es passarien tot el dia al llit i al final...

—Potser ha estat el millor per a tu.

—Si penses ajudar-me així, val més que callis —va engegar-li la Paqui.

—¿Què volies, seguir amb ell si era un malparit? S'ha retratat del tot.

—A tu no t'agradava, ¿oi?

—No.

—¿Per allò del dia del bany?

—No, d'abans. Tu vals molt més. No sé què hi feies, amb ell.

Aquesta vegada no va renyar-la, al contrari, li va acceptar la crítica.

—Ja sé que no era el meu tipus. —Va arronsar les espatlles.

—No és això —va dir la Maria—. Sobre l'amor no hi ha res escrit. Però t'he dit de debò que tu vals més. No ha estat cap compliment.

—No sóc la Jennifer López.

—Ni jo la Natalie Portman, mira. Però això no vol dir res.

Van tornar les llàgrimes. Va contreure la cara, va desfer la seva esgotada naturalitat per deixar pas a una màscara esperpèntica de dolor, i es va omplir d'arrugues profundes que va cobrir amb les dues mans.

La Maria, aquesta vegada, es va aixecar per abraçar-la molt fort.

—Jo... l'estimo... ¿M'entens? —va balbotejar, fent el petarrell, des de l'interior de la seva abraçada.

—¿L'hi has dit?

—Sí —va gemegar la Paqui.

—Si t'ha deixat escapar, és que no et mereix.

—Jo crec que... que ha conegut... una altra noia, mira tu. I demà, amb la... revetlla...

Plorava rendida, absolutament trencada. Potser hauria caigut a terra si ella no l'hagués subjectat. Va fer que s'assegués al llit i s'hi estirés. Va restar allà, acariciant-la, estroncant-li les llàgrimes amb les seves mans. Quan la respiració es va compassar de nou, va fer-li un petó al front.

—A vegades d'un gran mal en surt un gran bé.

—No em diguis que el pròxim serà millor, perquè t'esgarraparé.

Tenia raó. Com quan una dona jove es queda vídua i algú li diu que no s'hi amoïni, que segurament aviat refarà la seva vida. I el mateix en el cas d'una separació a la força.

Ningú no pensa en el futur quan el present és tan amarg.

—Demà no et pots quedar aquí —va dir la Maria.

—¿I què vols... que faci?

—Jo vaig a una festa. Vine amb mi.

—No.

—¿Què et penses, que serà una revetlla d'adolescents?

—No és això —es va omplir els pulmons d'aire, recuperant un altre període d'equilibri—. És que...

—Si et quedes sola, et menjaràs el coco i serà pitjor.

—Me n'aniré amb l'Adela i la Cloti. Elles també... estan lliures.

Les seves velles amigues. Havia deixat de veure-les quan va començar a sortir amb el Ferran. Abans eren inseparables.

Estranys camins.

La Paqui, l'Adela, la Cloti. Ella, l'Amàlia...

—¿Em pots fer un favor? —va dir la Paqui.

—És clar.

—Ahir em vaig comprar un vestit preciós. És aquí, a l'armari. Pensava estrenar-lo demà i ara... la veritat és que no em ve gens de gust. L'odio. M'agradaria que te'l posessis tu.

—Però...

—És un favor, ¿d'acord? —va suplicar-li la Paqui gairebé sense veu.

No la volia veure plorar una altra vegada. No suportava les llàgrimes de ningú. La feien sentir malament, li extreien els seus propis fantasmes, li removien els seus dubtes i recels. De manera que va fer l'única cosa que podia fer en aquelles circumstàncies.

—Està bé, t'ho prometo —es va rendir.

I se'l posaria, encara que fos un vestit infame. Ho faria per ella.

Estava contenta que el Cinc Minuts hagués tocat el dos, sabia que era el millor; però abans que la Paqui aconseguís entendre-ho i donés gràcies a Déu perquè hagués passat allò, ho passaria malament, marcada a foc per una cosa amb la qual viuria durant la resta de la seva vida. Així, doncs, no li costava gens satisfer-li aquell desig. Aquell vestit acabava de convertir-se en el record del Ferran, l'objecte del seu odi. Havia somiat que la veuria amb ell, que l'acariciaria amb ell, que l'hi trauria com si fos el llaç d'un regal.

Va pensar en el que li havia dit l'Amàlia sobre la revetlla de Sant Joan.

Li va venir al cap el Lluís.

Però en sentir arribar el seu pare o la seva mare, tot es va esfumar.

—Fica't al llit, de pressa! —va dir la Maria posant-se dreta—. Els diré que se t'ha posat malament alguna cosa que has pres.

30

El vestit era preciós.

Per una vegada, el gust de la Paqui havia pujat punts. Tenia classe, un segell. I a ella li esqueia d'allò més bé, com un guant de seda. S'hauria estimat més no portar-lo, que la seva germana fos feliç amb ell, però ateses les circumstàncies reconeixia que estava molt guapa, l'afavoria i feia que semblés més gran. A més, tenia un punt de provocació en l'escot, en el fet que era ajustat, en la línia i el color. Tot encaixava.

Es va mirar al mirall.

Per una vegada, no hi va veure res més que el que tenia al davant.

Ella mateixa resplendint com una petita deessa.

—Maria —va sentir que cridava la seva mare.

L'hora dels comiats, els consells, els advertiments, els dubtes, les pors...

—Ja vinc, mama.

Se'l va treure corrents. No volia que ella l'hi veiés posat. Li diria que s'havia tornat boja per portar una cosa tan sexy. El va ficar a l'armari i es va posar els texans i la samarreta. Tot i que era d'hora, la Paqui ja se n'havia anat, per no ser a casa enmig de tants preparatius. Dinaria amb la Cloti i l'Adela. Els seus pares, naturalment, havien caigut a la trampa d'acceptar la invitació per passar la revetlla al nou reducte familiar: la casa de la tia Francesca.

Es va estremir només de pensar-hi.

Va sortir de la seva habitació. Sobre la taula del menjador hi havia dues ampolles de cava i dues coques, una de crema i una altra de llardons, les més típiques. Eren la contribució dels seus pares al sopar familiar. A l'altra banda de les finestres ja se sentien els petards trencant l'equilibri ambiental. A ella mai no li havien agradat les explosions, ni de nena ni ara. Li feien por.

Va aparèixer el seu pare, amb cara d'avorrit.

—Enganxarem els embussos d'última hora —es va queixar.

—No seria la primera vegada que passeu una revetlla al cotxe —va fer broma ella.

Uns quants anys enrere, quan encara eren nenes, tots quatre s'havien vist atrapats en un fenomenal embús als voltants de Barcelona, mentre anaven a una revetlla a casa d'uns amics del seu pare. Van haver de menjar-se la coca i beure's el cava allà mateix. Solien recordar-ho com una data especial. La seva última gran revetlla familiar.

La seva mare va aparèixer per la porta, traginant la bossa, amb cara de preocupació i d'oblidar-se alguna cosa.

—Mira que haver de marxar tan aviat per no arribar després tard —va protestar.

—Al pas que anem... —va sospirar el seu pare.

—Mira, Alfons, no em facis posar més nerviosa!

La Leo va mirar la seva filla.

—I tu, ¿quan te'n vas?

—Més tard.

—Maria...

—¿Què, mama?

—No facis ximpleries, ¿eh?

—Mama...

Havia d'exercir de mare preocupada, de manera que es va resignar. També ella havia de fer de filla autosuficient i a la defensiva. Eren els papers que la natura i l'edat els havien donat.

—Ni mama ni res, que aquesta nit tothom va boig i borratxo.

—Nosaltres no, tranquil·la. Per això ens quedem a la casa, ¿te'n recordes? Res d'anar d'un costat a l'altre. Tranquil·lets i responsables. Demà un banyet a la piscina per despertar-nos i cap a caseta.

—¿Responsables? Com si jo no hagués tingut la teva edat!

—O sigui que feies el burro i et passaves de la ratlla —va agafar-la de sorpresa.

—¿Jo? —es va defensar la seva mare—. Quan tenia la teva edat, els meus pares em portaven a la revetlla i quedàvem a una hora per passar-me a buscar, i res de passar la nit fora. ¿Què és això de veure sortir el sol per aquests mons de Déu?

—Si passa res, truca'm. A qualsevol hora.

—Que sí, pesada. ¿Ara començaràs una altra vegada?

—Digue-l'hi, Alfons —va ordenar al seu marit.

—T'ho dic, Maria —el seu pare va fer veure que es posava seriós.

—L'un per l'altre! —es va agitar encara més ella—. A vegades us mataria! Una que se'n va ja a l'hora de dinar i l'altra...!

—Ets tu qui muntes aquests numerets, mama.

—Dóna'm el número de telèfon d'aquesta gent.

—Mama, que no el sé. I encara que el sabés, no te'l donaria! Ets capaç de trucar per qualsevol bajanada!

—Bé, tinc el del mòbil de l'Amàlia —va anunciar triomfal.

—Si truques a l'Amàlia, et juro que...!

—Si tinguessis mòbil, com totes.

—Papa... —es va rendir la Maria.

—Porto una mordassa, per si enganxem un embús —va dir ell amb bon humor.

La Leo es va rendir.

—Si és que em sembla que em deixo alguna cosa i no sé si...

Ella va agafar les dues ampolles de cava. Ell, les dues coques. La Maria els va acompanyar a la porta, ansiosa per quedar-se sola i tranquil·la, tot i que encara li faltaven tres hores per preparar-se i sortir. En arribar al replà i cridar l'ascensor, la resistència final es va esvair.

—Diverteix-te —va desitjar-li el seu pare.

—Si assassines alguna cosina aquesta nit, crec que tens prou justificants.

—Veuré la tele.

—Demà, truca'ns! —va ser l'última cosa que va sentir dir a la seva mare.

L'ascensor se'ls va emportar de viatge a les entranyes de l'edifici, en direcció al pàrquing. L'eco de les seves veus, alterada la de la seva mare, tranquil·la la del seu pare, per allò que tenen d'inevitable algunes coses a la vida, va desaparèixer a la llunyania.

El silenci ja només quedava trencat de tant en tant pels focs artificials que esclataven al carrer, com a preludi de la nit més màgica de l'any.

31

El Lluís va aturar el cotxe al semàfor i va desplaçar la mà dreta des del volant fins al braç de la Maria. Va acompanyar el gest amb una mirada de renovada admiració. La carícia va deixar pas a les paraules, plenes d'alguna cosa més que un elogi.

—¿T'he dit que estàs preciosa?

—Quatre vegades —va dir ella sense ser aspre.

—És que ho estàs.

—Va, no siguis beneit.

—Aquest vestit és increïble. Mai no t'havia vist així.

—És de la meva germana.

—No sé com li anirà a la Paqui, però a tu... Estàs increïble i sexy.

—Anem avançant: de preciosa a sexy.

La mà que li acariciava el braç va pujar fins a la seva espatlla, nua i suau. Els últims vianants travessaven el carrer. Quan ell es va acostar fugisser per fer-li un petó a la galta, el semàfor es va posar verd.

La Maria va continuar immòbil.

El Lluís va reprendre la marxa. Va posar l'intermitent a l'esquerra per girar, i quan es disposava a fer-ho, una moto de gran cilindrada el va avançar per aquell costat, bramant de manera eixordadora. La frenada, en sec, va fer que la Maria s'hagués d'agafar al tauler de control. Per darrere es va sentir un toc de clàxon.

—Serà imbècil! —va protestar el Lluís—. Acabo de mirar el retrovisor i no hi era, t'ho juro!

El vehicle del darrere va tornar a tocar el clàxon.

—Paciència, home!

Va completar el gir i va seguir carrer avall, sense córrer gaire, controlant la situació amb alguna cosa més que prudència.

—Sí que és primmirat, el teu pare! —va dir la Maria.

—Amb el seu cotxe, sí —va assentir ell amb vehemència—. Si li passa res, em matarà. És la primera vegada que me'l deixa per sortir de nit.

—¿Què li has dit?

—Que tu no mereixies menys.

—No li deus haver parlat de mi.

—És clar que sí.

—Seràs...!

Va donar-li un cop suau, amb el palmell de la mà. El Lluís va fer veure que li feia mal.

—Aquesta nit és especial —va dir ell.

—¿Per què ha de ser especial?

—És la nostra primera sortida.

—¿Per què has de ser tan romàntic?

—Tu també ho ets, però et fas la dura. Veurem com surt el sol, i això és gairebé simbòlic.

Se sentia incòmoda sentint-lo parlar així, però per una vegada va callar. No volia amargar-se la revetlla. No volia dir-li res, i encara menys que fos desagradable. Estava sorpresa perquè sentia una cosa nova en relació amb ell: necessitat.

El necessitava.

El seu escalf, les seves abraçades, el seu contacte, la seva companyia. Fins i tot aquells petons que li robaria ballant, o passejant, o al jardí de la casa on anaven. Una necessitat desesperada.

La Paqui ploraria la seva soledat. L'Amàlia reprendria la seva esbojarrada passió amb el Baltasar. I ella...

¿On era ella?

¿A quin punt equidistant entre la soledat de la seva germana i l'amor de la seva amiga?

Si pogués unir les seves dues meitats.

Estimar en una sola direcció.

Si almenys li fos revelada una simple pregunta.

Però aquella nit no volia veure més miralls.

Era un parèntesi, un punt i a part, una illa. Revetlla de Sant Joan. La nit més curta. L'única nit de l'any en què tot era possible.

Tot just van intercanviar mitja dotzena de paraules més abans d'arribar a la seva destinació. La casa, de dues plantes, envoltada per un meravellós jardí i, més enllà d'aquest, la frondositat del bosc, era a la part alta de la ciutat, prop del Tibidabo. Després d'haver deixat la carretera, van circular uns cinquanta metres per un camí de grava, fins a la porta de la torre. Hi havia ja dues dotzenes de cotxes aparcats als voltants i unes quantes motos incrustades entre els buits. Evidentment, no eren els primers.

—Perfecte —va dir el Lluís—. Serem dels últims a arribar i així tots et podran veure.

—Va! —es va queixar la Maria—. T'ho dic de debò, ¿eh? Si em poses en evidència, et juro que me n'aniré.

—No siguis ximple.

—Doncs no parlis així! Ja no volia posar-me aquest vestit!

—¿De debò?

—Sisplau, Lluís.

En va tenir prou de mirar-lo, de posar-li la mà al braç. Va ser llavors quan es va adonar que ell estava nerviós, que parlava per parlar. I els seus nervis, en comptes de fer que es disparés, van ajudar-la a asserenar-se.

—Divertim-nos i ja està, ¿d'acord? —va xiuxiuejar la Maria.

—¿Puc fer-te un petó?

—Sí.

Es va acostar i va unir els seus llavis als d'ella. No va anar més enllà. Tan sols un petó. Intens però ràpid. Tots dos van calmar les seves diferents adrenalines, van sortir del cotxe i es van dirigir a la porta principal, agafats de la mà. Un minut després, ja a la finca, van començar els somriures, les abraçades, les presentacions, les mirades i tota la resta. La Maria es va sentir aclaparada per l'entorn, l'elegància, el refinament. I no era solament la casa. El jardí tenia aparença de paradís, i la piscina era tan gran com el seu propi pis. Mentre el seu acompanyant saludava algú, ella es va entretenir a buscar l'Amàlia amb la vista i a observar alguns detalls. Es va quedar bocabadada sense adonar-se'n. De sobte, va sentir una veu coneguda darrere seu.

—Perfecta.

Era la Fontsanta, exuberant, més guapa que mai, pintada amb una exquisida mesura que li donava un aire tremendament eròtic i salvatge. Ella també lluïa un vestit impactant, però a diferència de moltes de les noies que eren allà, sabia portar-lo, semblava que hagués nascut amb el vestit posat. No era de les que s'apujava l'escot a cada moment o s'abaixava la faldilla a cada instant. Hi havia en ella alguna cosa de deessa.

I sempre els seus ulls, aquella mirada, aquella manera de penetrar el cor i la ment dels altres.

La Maria la va sentir dintre seu.

—És preciosa —va dir referint-se a la casa.

—Jo parlava del teu vestit i de tu —va embolcallar-la amb un somriure carregat de misteri.

—Tu també estàs de pel·lícula —va reconèixer la Maria.

—Però jo fa molt temps que vaig deixar de ser la Ventafocs —va comentar la Fontsanta amb una gota d'acidesa a la veu.

No la va entendre, ni va poder continuar parlant. El Lluís va reaparèixer al seu costat, va saludar la Fontsanta i se la va emportar volant. La Maria va girar el cap just per veure com la seva companya a l'obra de teatre alçava el got que sostenia i feia un brindis per ella.

—¿Oi que és una passada, aquest lloc? —va preguntar ell.

—Sí.

—Vine, mira quina vista —la va portar en direcció al mirador, penjat sobre la falda del Tibidabo, de cara a Barcelona.

La Maria va deixar de buscar l'Amàlia amb els ulls.

La seva amiga encara no havia arribat.

Després es va preguntar amb qui devia haver anat a la festa la Fontsanta.

Això va ser un segon abans que el Lluís li fes treure el cap per una barana de pedra, perquè s'omplís d'aquella màgia sota la primera foscor de la nit.

A la llunyania, els focs artificials proporcionaven la llum de la seva fantasia.

32

Era la cinquena vegada que telefonava a l'Amàlia.

I la cinquena vegada que l'atenta veu de la línia li deia que el número estava desconnectat, que deixés el seu missatge.

La Maria va penjar l'auricular del telèfon pensativa, sense dir res. Ja ho havia fet les dues primeres vegades, un «¿On ets?» i un «¿T'has perdut?» suficients per mostrar-li la seva estranyesa. Les agulles del rellotge sobrepassaven amb escreix la mitjanit i s'aproximaven a la una de la matinada.

La festa estava en el ple de la seva esplendor.

Una bonica revetlla en una bonica nit, com si els còmplices s'aliessin per crear alguna cosa més que un ambient perfecte.

Per sobre de la música que arribava des del jardí i la piscina, la veu del Lluís va aparèixer flotant al costat d'ella.

—¿Una altra vegada?

—És que és molt estrany.

—No sé per què, dona.

—Vam quedar aquí.

—Deuran venir més tard, o potser han anat abans a una altra festa.

—M'ho hauria dit.

—Llavors es deuen haver enrotllat.

¿Enrotllat?

Sabia perfectament què havia volgut dir el Lluís, i això li va aportar un renovat gram de fúria.

Era la seva revetlla, tots quatre, el pont cap a l'estiu.

L'Amàlia no podia fallar-li aquella nit.

—No em quedo tranquil·la —va reconèixer la Maria.

—Truca-li a casa seva.

—No vull parlar amb el seu pare, i encara menys amoïnar-lo, si és el que dius i han decidit canviar de plans a última hora.

—Vine, anem a ballar —va estirar-la—. S'ho deu estar passant bé, i només faltaria que tu no fessis el mateix.

El va seguir sense ganes. Unes quantes parelles ballaven enganxades a la sala principal, connectada amb el jardí i la piscina a través de les vidrieres obertes. La música era captivadora: un duet romàntic carregat d'essències grandiloqüents en un zenit de veus apassionades. Sota els llums, les blaves aigües del rectangle líquid formaven un mirall quiet. Una noia solitària estava asseguda al trampolí. Alguns convidats parlaven al mirador. Però el que semblava que destacava més eren les parelles que formaven una sola unitat, gronxades al compàs de la música. Dos cossos tan enganxats, que fluïen en un espai individual.

La Maria va recordar les paraules de l'Amàlia.

—És com les festes de final de curs dels ianquis! Limusina, roba de fantasia pel·liculera, ball, horterada... i habitació d'hotel per desflorar la donzella!

Tot era possible en una nit de revetlla, la nit de l'any en la qual es formaven més parelles, en la qual tenien lloc més aventures sexuals, en la qual més noies perdien la virginitat...

Novament, l'Amàlia:

—El Baltasar està com una moto. Diu que serà la nostra nit de noces oficial.

¿Era això? ¿No havien anat a la festa perquè...?

La Maria va tremolar.

¿Quantes vegades havia imaginat ja l'Amàlia despullada, als

braços del Baltasar, fent l'amor? ¿Quantes vegades havia sentit aquella doble punxada al cap i a l'estómac?

¿I per què?

Volia que l'Amàlia fos feliç.

Llavors, ¿quin sentit tenia...?

—Promet-me que t'ho passaràs bé! Una bogeria de tant en tant és...! Deixa que a la revetlla les coses flueixin per si mateixes, ¿d'acord? Ni les forcis ni t'hi oposis. ¿Ho faràs? Promet-m'ho.

L'hi havia promès.

I ara, amb aquella frustració, aquella fúria, tanta ràbia...

El Lluís es va aturar de sobte. La Maria no va arribar a adonar-se d'on era. Li va semblar veure un arbre al costat, fulles per damunt del seu cap. La música ara sonava llunyana, com si estiguessin situats a un milió de quilòmetres de la casa.

El petó.

Va tancar els ulls.

La turbulència interior es va desfermar, en tots els sentits. D'una banda, el cor se li va accelerar. De l'altra, se li van engarrotar les mans, sense saber si acceptar-lo o rebutjar-lo. Va ser una vacil·lació insuportable. El contacte va esdevenir més i més dens a mesura que la rendició li arribava als músculs. El Lluís feia uns petons increïbles, o si més no així l'hi semblava. Eren petons amb gust, amb aroma, amb llums i ombres, amb una sensació de durabilitat. La lletra de la cançó parlava de «deixar-se portar».

El mateix que li havia demanat l'Amàlia.

La seva Amàlia.

Va alçar la mà dreta, la va apujar fins al clatell del Lluís i va enterrar-la entre els seus cabells, estrenyent-lo lleugerament cap a si mateixa. Va ser com donar el tret de sortida per a una acceleració immediata.

El petó va esdevenir més fort, més apassionat.

Va obrir un moment els ulls per adonar-se del que feia i d'on era. El jardí, l'arbre, la nit estrellada, la música, el Lluís i ella. La combinació perfecta.

Potser l'hora de la veritat.

Volia dir-li a ell que no, però es rendia sense possibilitat de lluitar.

Era la crònica d'una derrota anunciada.

—Promet-me que t'ho passaràs bé! Deixa que a la revetlla les coses flueixin per si mateixes.

Passar-s'ho bé.

Fluir per si mateixes.

Ara el mirall era ell. Es podia veure reflectida en els seus ulls. I li agradava. O potser necessitava que li agradés. Però les preguntes van continuar martellejant-li la raó.

—Amàlia... —va xiuxiuejar el seu cap.

I va continuar donant al Lluís les ales de la seva pròpia llibertat.

33

Feia mitja hora o més que ballaven molt enganxats, tan estretament units que entre els seus continents no hi hauria cabut ni la més petita agulla. Ballaven, es feien petons, s'acariciaven, i tornaven a deixar-se portar, arrossegats per aquell pendent a través del qual, lentament, lliscaven sense remei. En algun lloc havien sonat dues campanades feia una eternitat, de manera que en algun moment inesperat tornarien a sentir-se incrementades en una més.

Ni rastre de l'Amàlia.

Ja no podia deixar de pensar en ella.

I al mateix temps la negava, renunciava a la seva imatge.

S'havia sentit enganyada, traïda, ferida... No era la seva nit, era la de tots quatre. Encara més, la d'elles dues. La necessitava. ¿Per què l'havia deixat sola? L'engany, la traïció i el mal es multiplicaven. Tantes i tantes sensacions diferents, que per moments l'única cosa que volia era treure-se-la del cap i convertir-se en un cos sense voluntat ni raó. El Lluís l'estimava, la desitjava. D'acord. Punt. Si aquella era la voluntat del destí, ja no li importava. No li importava gens.

L'Amàlia tenia el Baltasar.

Ella tenia els seus dubtes.

I aquella era la nit per començar a aclarir-los.

Va sentir com una esgarrifança li recorria l'esquena i va obrir els ulls. Es va trobar amb la mirada de la Fontsanta, a uns deu o dotze metres de distància.

Aquella mirada.

La va travessar de dalt a baix i li va fer sentir encara més fred, com en el cor d'una flama, si bé llavors, sobtadament, el fred es va convertir en una calor abrasadora. Li van bullir les galtes, el cos, els llavis.

I no solament era la mirada.

Continuava sent el somriure.

¿Amb qui havia vingut la Fontsanta? No l'havia vista amb ningú. Semblava...

—¿Què et passa? —va xiuxiuejar-li el Lluís a cau d'orella.

—Res, ¿per què?

—Estàs tremolant.

—¿Jo?

—¿Vols que anem a dins?

Va ser una fugida. Dels ulls i el somriure de la Fontsanta.

—Sí.

Un frec suau dels seus llavis va posar fi al ball, després van començar a caminar en direcció a la casa, però no cap a la part central, les vidrieres que comunicaven el jardí amb el saló, sinó cap al costat més pròxim, en el qual hi havia una porta més discreta. Pas a pas es van apartar de la festa, i quan van entrar a dins els va embolcallar un silenci transgressor tan ple de paus, que va ser com si acabessin de penetrar a l'antesala del cel.

Era un passadís, amb portes a banda i banda.

Va mirar el Lluís.

Hi va veure l'Amàlia.

El Big Bang va ser escruixidor. Només el va sentir ella. Suficient. Es va trencar en una dotzena de trossos, i el més remot es va endur la seva por. L'únic que va poder atrapar va ser el de la decisió final.

El darrer dubte, l'última pregunta.

Va trencar el mirall.

—¿Em demanaràs que fem l'amor?

Era ella. Ho havia dit ella, no pas una estranya. Ella. La Maria Pardo Fuster.

El Lluís estava pàl·lid.

—T'estimo —va xiuxiuejar.

—No t'he preguntat això —va acariciar-li la galta—. Ja ho sé, que m'estimes. Per això som aquí.

—Maria...

—Estic a punt d'arrencar a córrer. De manera que decideix-te —va xiuxiuejar—. ¿Ho faràs aquesta nit?

—No... ho havia pensat.

—No és veritat.

—És el pas més important, i si tu no n'estàs convençuda...

—Necessito creure, Lluís.

—¿En què?

—Digue-m'ho tu.

Va tornar a fer-li un petó, ella a ell. En els seus ulls hi havia alguna cosa més que una súplica.

—Aquesta nit ets una altra —va dir el noi.

—Sóc la mateixa.

—Gairebé no et conec.

La Maria va abaixar els ulls. Estava a punt d'anar-se'n. Llavors ell va allargar una mà i va obrir la porta que tenien més a prop. A l'altra banda hi havia una habitació infantil, de nena. Un lloc ple d'encant, amb gust de paradís. El llit era suficient.

Fins i tot gran, un oceà, tenint en compte com se sentien ells de petits.

El Lluís va fer el primer pas. La Maria el va seguir.

Van tancar la porta, i la soledat va ser encara més absoluta.

Soledat còmplice, silenci en harmonia, tota la catarsi de l'amor en el suprem instant atrapada entre les seves mans, els seus ulls i els seus cossos.

El primer petó va ser el de la llibertat.

El segon, el del pacte tàcit entre tots dos.

El tercer, el del tret de sortida.

Les mans del Lluís van buscar i van trobar la cremallera del vestit de la Maria. Petó a petó, carícia a carícia, el xiuxiueig dentat va obrir aquella porta decisiva.

Quan el vestit va caure a terra, ella tenia els ulls tancats.

—Déu meu... —va sentir que ell gemegava—, ets preciosa.

Llavors el va abraçar, tremolant, i va saber que ja no hi havia marxa enrere.

34

Es va despertar de cop.

Va tenir un sobresalt, com si tot hagués estat un somni, un somni dolç amb gust de malson. Però en va tenir prou de mirar el sostre banyat per la tènue claror de l'alba que es filtrava per la finestra, la paret més pròxima, per reconèixer aquell univers infantil que ells havien transgredit amb el final de la seva innocència.

Va ser el punt en què va tornar la por.

Va reaparèixer en un racó de si mateixa, assetjant-la, ferint-la amb el seu somriure més cruel i lasciu. Por a la veritat, a l'enfrontament final, al cara a cara. Tot estava dit i fet, i malgrat això...

Va girar el cap. El Lluís dormia despullat al seu costat, atrapat en la dolçor de la seva millor nit. Li va semblar un nino bonic, pur. La imatge d'una bellesa impossible de definir.

Una cosa que ja no li pertanyia.

Va voler moure una mà, acariciar-lo, recordar aquells moments en què havien vorejat la glòria, i mentre ell s'endinsava en el seu infinit, ella s'abandonava per fi a la llum de totes les seves respostes.

La mà ni tan sols es va moure.

La Maria també estava despullada al llit. L'Amàlia li havia dit que després de fer l'amor amb el Baltasar, s'havia sentit millor del que mai hauria pogut imaginar. La reacció de l'amor i la complicitat. En canvi, la seva nuesa era un crit. A l'habitació també hi havia un mirall, i el que hi va veure va fer que es negués la seva aliança.

No en aquell mirall.

No allà.

Es va incorporar, lentament, mirant de no sacsejar el llit ni de ferir l'aire amb la seva respiració. Primer va recollir les calces. Se les va posar al revés. A continuació va fer el mateix amb els sostenidors i el vestit. No es va calçar. Amb les sabates a la mà va caminar fins a la porta, la va obrir i, sense deixar que entrés gaire llum a dins, va sortir a fora. En tancar-la, va vacil·lar durant un llarg instant, perquè no tenia ni idea d'on era el bany més pròxim, i no volia anar obrint portes sense més ni més al llarg d'aquell passadís.

Va pensar que podia sortir al jardí, però va canviar d'idea davant necessitats més urgents. De manera que va caminar pel passadís i es va veure beneficiada per un cop de sort. L'única porta mal tancada, a pocs metres de la seva posició d'arrencada, era la d'un bany. Pel buit va veure el rentamans i les gelosies. S'hi va ficar de cap, va tancar la porta i va córrer el pestell.

Això va fer que pogués respirar a plens pulmons, fora de perill del món i els seus depredadors habituals.

Però no fora de perill dels seus pensaments.

Allí també hi havia un mirall.

Va tancar els ulls, va obrir l'aixeta a les palpentes i es va rentar la cara, fregant amb energia per treure's els últims resquills de la son. A manera de dards punxants, igual que rajos de llum apunyalant-la, les imatges i les sensacions d'unes hores abans van travessar tot el seu espai interior. L'Amàlia l'hi havia dit. Però era més, molt més, encara que fos amb la persona equivocada.

Tot l'afecte del Lluís, les seves carícies, els seus petons, la seva tendresa, cada pregunta, cada pausa, cada mirada, cada espera i cada acceleració.

La Maria havia volgut que tot anés de pressa, molt de pressa, però el va deixar fer.

Volia cridar.

La por, la ràbia.

El seu error.

Va obrir els ulls per enfrontar-se al mirall i es va preguntar quan l'hi diria a ell.

Pobre Lluís.

La veritat, després d'haver tocat el cel amb les mans.

Va agafar la tovallola, es va eixugar i, després d'arreglar-se una mica, només una mica, va sortir del bany. La parada següent va ser la cuina. Encara no havia vist ningú llevat i va tenir por que la casa fos buida. A la nevera hi va trobar el que buscava: un suc de taronja. Se'n va servir un got i se'l va beure gairebé d'un glop, empassant-se'l amb voracitat. Quan se'l va acabar, va dubtar entre tornar a l'habitació, despertar-lo i dir-l'hi, o deixar-lo dormir i fer les coses amb més calma.

La calma de la seva seguretat encara a les beceroles.

L'alba ja obria pas al dia, sota un cel sense núvols i embellit per la calma d'aquell món novament silenciós, després d'una nit plena de petards i coets. Quan va arribar a la sala, va començar a veure les restes del naufragi, unes quantes parelles parlant, d'altres dormint en sofàs i butaques, però la majoria dels supervivents de la festa eren al jardí, en un improvisat pícnic matutí. Alguns es banyaven i jugaven a l'aigua.

La Maria es va apartar de la seva companyia.

Va caminar cap a l'esquerra, a l'empara dels primers arbres, i en arribar-hi va descobrir un gronxador penjat de dos troncs gruixuts. No va voler estirar-se, però sí asseure's. La quietud li va fer sentir de nou aquella pressió al pit, el buit a l'estómac, la bola de cotó al bell mig del cap.

¿Com podia oblidar els crits del Lluís?

¿Com podia deixar de sentir els seus ulls, les seves mans, la seva veu?

—Tranquil·la —va sospirar—. No ets culpable de res.

Només d'haver volgut saber.

En reaparèixer a la seva ment la peça angular de tot aquell equilibri, es va posar a plorar.

L'Amàlia.

Va plorar amb força, amb desconsol, arrencant des de molt endins per expulsar cap enfora tots els dimonis. Va plorar i plorar fins a buidar-se, i tan sols per adonar-se que, quan ja es pensava que era lliure, descobria novament plens els dipòsits de la seva fragilitat.

Mai no hauria cregut que podia tenir tantes llàgrimes.

I, al final, després de quedar esgotada, reduïda a un adolorit nervi amb prou feines viu, aquella mà li va fer comprendre que, lluny d'haver-se acabat tot, arribava l'hora de totes les veritats.

Va girar el cap i va veure la Fontsanta.

35

No volia veure ningú, ni parlar amb ningú, però d'alguna manera va entendre que la Fontsanta era allà per alguna raó, que la seva presència no era casual. Formava part de la seva realitat.

De la seva nova realitat.

La nouvinguda li va passar una mà carregada de pietat i tendresa pel cap.

—¿Estàs bé? —va preguntar.

En les pel·lícules era la pregunta del milió d'euros. Quan algú estava enfonsat, sempre apareixia algú altre que volia saber si estava bé. La resposta era «no». Un no en forma de crit.

La Maria no va respondre la pregunta.

—Ho sento —va dir la Fontsanta.

—¿Què... és el que sents?

—Tot —es va asseure al seu costat i li va agafar la mà—. Potser t'ho havia d'haver dit abans.

—¿El què?

—¿Encara no ho saps?

—¿De què parles? —les espatlles de la Maria van caure cap avall, més i més esgotades.

—De tu, del que ets.

—Fontsanta, no estic d'humor per a jocs.

—Has dormit amb ell.

—Això no és cosa teva —es va posar a la defensiva.

—Has dormit amb ell i t'has adonat que ha estat un error.

—No n'estic enamorada, això és tot.

—És alguna cosa més, i ho saps.

—Deixa'm en pau!, ¿vols?

Va fer el gest d'aixecar-se, però la Fontsanta ho va impedir. Va retenir-la al seu costat agafant-la per la mà. La seva fermesa i la seva mirada, ara piadosa, a més de forta, van fer la resta.

—Fontsanta, sisplau...

—Digue-ho.

—¿Que digui què?

—Ets lesbiana.

La paraula va esclatar allà al mig, entre les dues, silenciosa però alhora tan contundent com qualsevol dels petards disparats durant la nit.

—¿Què?

—Ets lesbiana —va repetir la Fontsanta—. Has lluitat contra això, contra la veritat del teu cos i del teu cap, però no has pogut, perquè l'amor, els sentiments, la pròpia realitat de l'essència humana, no s'imposen, només es manifesten.

—¿T'has tornat boja? —va gemegar defallida.

—Et faré costat —va adreçar-li un somriure tan malenconiós com orgullós—. La societat ens marca, ens imposa regles, ens diu el que està bé i el que està malament, però cadascú és com és, i com més aviat ho descobrim millor, és molt millor per afrontar-ho i actuar en conseqüència. Ja hi ha llibertat, ja es pot ser el que un és, però encara és dur perquè els altres tendeixen a marginar-te. Per això a l'adolescència, en el moment de descobrir aquesta veritat, per a la majoria és com descobrir que no hi ha terra sota els peus i que al cap un forat negre ens xucla.

—Però jo no...

—Maria —va pressionar-li la mà que seguia retenint entre les seves—. Ho vaig saber des del primer moment, així que et vaig veure. Per als altres eres una noia normal i corrent. Per a mi, no. Tinc un sisè sentit, i et vaig reconèixer. Tot el que desprens, el que destil·les. És un segell invisible, excepte per a algú com jo.

—¿Tu ets...?

—Ho sóc —va assentir ella—. Ho vaig saber quan era molt petita i no vaig lluitar-hi en contra. Ho vaig acceptar. I tu també ho acceptaràs. No pots mentir al cos ni a la ment.

—Però jo no sóc... Vull dir que no em sento...

—Només tens una vida, estimada —va replicar la seva companya—. No la perdis sent qui no ets. No seràs feliç, i ser feliç és el més important, el veritable objectiu de l'existència. Si no ets feliç, si vius amargada, tampoc no ho seran els qui t'envolten. Diuen que la veritat ens fa lliures. No és més que una frase, però té sentit en aquest moment. El que ets és la teva realitat. No hi lluitis en contra. No estem parlant d'una cosa que sigui bona ni dolenta. Parlem de la vida, i cadascú té la seva. Encara hi ha discriminació, encara es fan servir termes despectius, com *tortillera*, *bollera* i d'altres. Però els homes i les dones hem fet el pas definitiu per reivindicar el respecte al que som, i el nostre sexe forma part de tot això.

La Maria l'escoltava. El silenci es va apoderar d'elles i va haver de ser la Fontsanta qui tornés a trencar-lo.

—Encara estàs plena de dubtes.

—¿Per què he dormit amb el Lluís?

—Ell t'estima, i tu tenies l'oportunitat de descobrir la veritat.

—Però li he fet mal.

—Es curarà. L'amor fa mal i marca, però el temps ho cura tot. No hi ha cap ésser humà sense una cicatriu d'amor, tranquil·la. Tu has fet el que havies de fer, i ni tan sols t'has de condemnar per això. Gaudeix-ne —va somriure—, però parla amb ell així que puguis per no donar-li falses esperances.

Els ulls de la Maria es van tornar a omplir de llàgrimes. La marea tornava. La Fontsanta va abraçar-la perquè plorés i ella ho va fer recolzada al seu pit, si bé aquesta vegada no va ser un plor torrencial, sinó molt més poruc, de desconcert i atordiment.

La Fontsanta la va estrènyer contra el seu cos i va fer-li un petó al cap.

—M'agrades, ¿saps? —va confessar-li—. Però tranquil·la. No sóc el teu tipus. Tu ets una princesa. Una autèntica princesa.

—No sé... qui... sóc —va sanglotar la Maria.

—Dóna't temps, però no t'enganyis més.

—¿Per què... no em... vas dir res?

—Ho vaig pensar, però et veia amb el Lluís i no vaig tenir prou coratge. No se li pot dir a un infant que el foc crema i el gel congela sense que ho comprovi per si mateix. En això consisteix l'aprenentatge humà: a viure la pròpia experiència.

—El dia que em vaig desmaiar...

—Estaves tan indefensa.

—¿Em... vas tocar?

—Et vaig fer un petó. Res més. Perdona.

—Vaig sentir com si algú em toqués.

—La ment se t'estava avançant.

La Maria es va apartar d'ella. Semblava tan esgotada com si fes una setmana que no dormís i, a sobre, acabés de córrer una marató. El dia clarejava més i més de pressa. Una nova albada.

—¿I ara?

—Ara estaràs sola, desconcertada. És com anar amb cotxe a dos-cents per hora i intentar frenar en sec. Dóna't un respir, pren-te el teu temps. Deixa fluir la vida. Però no t'amaguis. Jo puc ser la teva amiga, ¿d'acord? Si vols parlar, si vols saber, el que sigui, em tens a mi, i tens altres companyes. Jo sempre estaré aquí, estimada —l'hi va dir amb una infinita tristesa, com si ho proclamés, no pas com si li donés una mà amiga—. Et dono la meva paraula que seré sincera. No hi haurà cap compromís, sé quin és el meu lloc. Tranquil·la. L'única cosa que has de fer ara és anar-te'n a casa teva i meditar-ho. Descansa.

—¿El Lluís...?

—Vint-i-quatre hores no li faran mal. Deixa que sigui feliç durant aquest temps, i si vols, de moment, digue-li tan sols que et vas equivocar, que no n'estàs enamorada. Potser serà el millor.

La Maria va tancar els ulls.
Va desitjar que tot fos un somni.
L'última mentida.
La primera veritat.
Va tornar a obrir-los i la Fontsanta encara era allà.
Llavors ho va entendre tot.

36

El taxi va deixar-la a la porta de casa seva. El carrer estava tranquil; l'edifici, silenciós. Va pujar a dalt, va entrar al pis, va anar a la seva habitació i es va sentir fora de perill.

Els fantasmes quedaven a l'altra banda.

Encara que només fos durant uns segons.

Començava a valorar el temps.

No es va quedar quieta. No volia quedar-se quieta. Es va treure el vestit, el va deixar sobre el llit i va tornar a sortir de l'habitació. Primer va anar a la sala, va agafar el telèfon sense fils, se'l va emportar i va marcar el número de la casa de la tia Francesca mentre anava al lavabo. Va passar dos filtres abans que la passessin amb la seva mare i la tranquil·litzés.

«Ja sóc a casa», «Molt bé, una revetlla fantàstica», «No, no he begut gens», «Tot perfecte, ¿i vosaltres?», «Me n'alegro», «Sí, mama», «No, mama», «Sí, mama», «D'acord, mama», «Vaig a descansar»...

L'última part de la conversa ja la va fer despullada, a punt de prendre un bany calent i reparador, mentre la banyera s'anava omplint d'aigua. Tenia por d'enfrontar-se al mirall i s'hi va posar d'esquena. No hi volia veure una altra persona, la noia del passat. Necessitava reflexionar.

Quan va tallar la comunicació, va deixar l'aparell sobre el tamboret, a l'abast de la mà, i es va ficar a la banyera. El raig d'aigua seguia caient, i no va tancar l'aixeta fins que gairebé es va omplir del tot. Una onada de fum i vapor omplia ja el lloc. El mirall no reflectia res.

La vida, a vegades, també s'omplia de baf, i calia veure-ho tot a través seu.

La Maria es va enfrontar als seus pensaments.

Havia fet l'amor.

Ja no era verge.

I total... per a res.

¿O potser sí?

L'amor sempre era bonic, un espurneig. I en el seu cas havia servit de detonant. Fos com fos, acabava de donar forma a un passat inoblidable. L'Amàlia li deia que fos positiva.

L'Amàlia.

—Sóc lesbiana —va dir a l'aire en veu alta.

¿Quant temps feia que ho sabia? ¿Ho sabia? ¿Ho havia encertat la Fontsanta al cent per cent?

Aquelles setmanes, davant del mirall...

Tenia les respostes en el seu interior, i les buscava a fora.

Va examinar la seva vida buscant les empremtes, encaixant les peces. Abans eren l'Amàlia i ella. Les dues. Sempre les dues. No necessitaven ningú més. Després, de sobte, havien estat l'Amàlia i el Baltasar, ella i el Lluís. L'amor i la mentida.

Peces, peces.

Com més forma donava al trencaclosques, més buida se sentia.

Es va deixar caure cap avall, flexionant les cames, lliscant pel fons de la banyera, fins que, a poc a poc, l'aigua li va arribar a la barbeta, als llavis, al nas, als ulls, al front...

Es va submergir del tot.

I en aquell nou silenci, va contenir la respiració.

No flotava ingràvida, però gairebé. La sensació de distància esdevenia molt més evident. Li hauria agradat quedar-se allà una hora, un dia, una setmana. Evidentment era una fugida. L'escapada impossible.

Alguna cosa va trencar el silenci.

Alguna cosa llunyana, procedent de l'exterior. Un brunzit.

Va restar quieta, immòbil, sense respirar.

El brunzit era persistent.

Va treure el cap de l'aigua quan començava a ofegar-se, i llavors es va adonar que el que estava sonant era el telèfon. Amb un simple moviment reflex, va allargar la mà per despenjar, abans que saltés el contestador automàtic, i de seguida es va penedir del seu gest. Va pensar que era el Lluís.

Però la veu que la va tocar de ple va ser la de l'Amàlia.

—¿Maria?

—Sí —va reaccionar de ple.

—Sort que t'he trobat. No sabia...

—¿Què t'ha passat? —li va semblar una pregunta estúpida—. Jo acabo d'arribar a casa.

—Sóc a l'hospital.

—¿Què? —va sentir una esgarrifança, tot i l'aigua calenta que la cobria.

—He passat la nit aquí, i ara... Déu meu, ja no podia més —l'Amàlia va sospirar esgotada.

—¿Estàs bé?

—És el meu pare —va dir ella—. Va tenir un accident. És a l'UCI i sembla que està estable, no ho sé.

—Em sap greu —es va mossegar el llavi per no plorar.

—Em sento tan sola.

—¿A quin hospital sou? Vinc de seguida.

—No, tia.

—¿A quin hospital sou? —va repetir amb un to que no donava lloc a rèplica.

—Al Clínic.

—Llavors, fins ara —es va acomiadar la Maria.

37

L'Amàlia l'esperava asseguda a la sala d'espera, amb l'esquena recolzada al respatller del seient, el cap a la paret, els ulls tancats i un aspecte desastrós després de la nit en blanc. No era el mateix passar-la en una revetlla, divertint-se, que en un hospital, on les sensacions es fragmenten i la mort li entra a sac a la vida per robar-li la pau.

La Maria es va agenollar davant de la seva amiga.

—Amàlia —va agafar-li les mans.

No estava adormida, tan sols descansava una mica. Va obrir els ulls i va endolcir la seva expressió. La Maria va abraçar-la i, després d'uns llargs segons estrenyent-se amb força l'una contra l'altra, es va asseure al seu costat.

—Gràcies per haver vingut —va dir l'Amàlia.

—No siguis burra, ¿com està?

—Ja t'ho he dit: estable. Diuen que fora de perill, però que fins d'aquí a quaranta-vuit hores no podran estar tranquils.

—¿Què va passar?

—No es volia suïcidar, si és el que penses —va aclarir-li la seva companya—. Va ser una simple qüestió de mala sort. Un imbècil es va saltar un stop i el va encertar de ple. Van trucar a casa just quan anava a sortir.

—¿I la teva mare?

—Anava a una revetlla amb el nou.

—¿I què?

—Doncs res.

—¿No li has trucat? —va preguntar incrèdula la Maria.

—Ja no és el seu marit.

—Vinga, tia —no va poder donar crèdit al que sentia.

—Tampoc no sé on és —va reconèixer l'Amàlia.

—¿No té mòbil?

—¿La meva mare? No. Viu la seva lluna de mel completament aïllada del món.

Ho va dir amb amargor, aclaparada per l'ambient.

—¿I ara? —va vacil·lar la Maria.

—Fa un moment m'han dit que me n'anés a casa a descansar, que aquí no hi faig res. Tenen el meu número, de manera que si passa alguna cosa em trucaran.

—Llavors, ¿marxem?

—Sí —va deixar caure el cap pesadament—. No saps el que és això —es va referir a l'hospital—. He vist més sang, més dolor, més llàgrimes i més de tot durant aquestes hores que en tota la meva vida. És depriment. I, a sobre, la nit de la revetlla. No sabia que els petards fessin tants estralls, Déu meu.

Es van posar dretes. La Maria li va passar un braç per sobre de les espatlles. L'Amàlia semblava haver empetitit. Se la veia molt cansada. Van començar a caminar, van sortir de la sala i van enfilar passadís amunt, fins a la porta que les conduiria a les escales i al carrer. No va caldre dir res. No eren sinó dues estranyes en un món estrany poblat per gent estranya. D'una banda, gent amb bates blanques o verdes i, de l'altra, els pacients i els seus familiars, desconcertats, preguntant-se què hi feien, allà, i sobretot, per què ells.

La loteria quotidiana.

Es van ficar en un taxi i l'Amàlia va donar la seva adreça al conductor. No van parlar en tot el trajecte, però van continuar amb les mans entrellaçades, com si depenguessin l'una de l'altra per sentir-se fermes i segures. La ciutat dormia al matí, i s'espolsava la mandra lentament després de la nit de les llums i el foc. El trànsit era inexistent, i la carrera va ser ràpida. Van pagar l'import i van pujar al pis. La primera cosa que va fer la Maria va ser anar a agafar el telèfon per trucar una altra vegada a la seva mare.

Li va dir la veritat.

—El pare de l'Amàlia va tenir un accident de cotxe ahir a la nit, i està sola, de manera que em quedaré a dormir amb ella aquesta nit. Trucava per avisar-te i donar-te el seu telèfon.

—Ai, filla! —es va espantar la Leo—. Però, ¿està bé?

—Sí, fora de perill. —La va tranquil·litzar—. Tranquil·la, que no passa res.

Van parlar un parell de minuts més, va donar-li el número de casa de l'Amàlia i, ja més tranquil·la, va penjar l'auricular. Va anar a la cuina a beure alguna cosa, aigua o llet. Tenia la boca seca i pastosa. Quan va anar a trobar la seva amiga, ja estava nua i estirada al llit, amb els ulls tancats. No va saber si dormia.

Però no l'hi va preguntar.

La Maria va començar a despullar-se, per estirar-se al seu costat.

38

Era la segona vegada que dormia amb l'Amàlia.

Però des de la primera, semblava que hagués passat una eternitat.

Ja no era la mateixa.

Va mirar la seva amiga, relaxada, atrapada pel cansament, plena de serenitat, amb els ulls tancats i les mans juntes, com si resés, davant del rostre. Va posar una mà sobre les seves. Les tenia fredes, malgrat la calor.

La Maria va saber que era el més bonic que havia vist mai a la vida.

També se sentia molt cansada, però no volia adormir-se. Volia continuar desperta, per cuidar-la i protegir-la. Per admirar-la com l'admirava, possiblement per darrera vegada.

Li sabia greu.

Però no se sentia dolguda.

Ni tan sols li havia preguntat com li havia anat la seva revetlla, la seva nit amb el Lluís. Res.

La respiració compassada de l'Amàlia li va donar a entendre que dormia.

Va acariciar-li la galta.

I la va aspirar amb força, sentint-la.

L'última empremta de les mans i els petons del Lluís va desaparèixer del seu cos.

La Maria no va saber com ni quan es va adormir.

Però ho va fer immersa en una pau nova i gratificant.

39

Quan va tornar a obrir els ulls eren les sis de la tarda, l'Amàlia estava abraçada a ella i tot seguia igual.

No li va importar l'hora.

Però aquella abraçada...

Estava de panxa enlaire, de manera que va girar el cap per mirar la seva amiga, reclinada de costat en direcció a ella. Novament va recuperar aquella imatge i la idea d'unes hores abans, quan li va semblar el més bonic del món. Va somriure amb tendresa, no sense tristesa, i va moure la mà per tocar-li el braç, acariciar-la. S'adonava que era potser el moment més bonic de la seva vida, o del principi de la seva vida, i que seria irrepetible. Això el feia dens i especial. Així, doncs, el va aprofitar.

Es va posar també de costat, de cara a ella, i va acostar el rostre al de la seva companya adormida. Llavors va comprendre la Fontsanta, aquella tarda, la del seu desmai, aquell petó robat.

Última oportunitat.

Va fer un petó a l'Amàlia, als llavis, tan suau però fermament com va poder.

I va capturar aquells segons.

Els va fer seus.

Eterns.

Quan es va separar d'ella, com si aquest hagués estat el senyal de posada en marxa del món sencer, l'Amàlia va parpellejar i va obrir els ulls.

Es va trobar amb el somriure de la Maria.

—Hum...! —va remugar sense moure's.

—Hola —va dir la Maria.

—¿Quina hora és?

—Les sis.

—Oh...! —va rondinar—. ¿De quin any?

—Les sis de la tarda.

—¿Que han trucat de l'hospital?

—No, tranquil·la.

—¿El Baltasar tampoc no ha trucat?

—No.

—Que n'és, de ganso.

—Deu esperar que li telefonis tu.

—Doncs ja pot anar esperant.

—També has d'intentar localitzar la teva mare.

—Maria... —va tancar els ulls, prenent el seu esgotament per bandera.

El braç de l'Amàlia estava encara recolzat sobre el seu cos, i la mà al voltant de la seva espatlla. La Maria hi tenia una mà reclinada a sobre. Quan va notar que la seva amiga anava a moure's, l'hi va subjectar dolçament.

I llavors l'hi va dir.

—T'haig d'explicar una cosa.

—Bé —va sospirar l'Amàlia—. Espera que em posi el cervell i l'endolli.

La Maria va mantenir la seva mirada, el mateix somriure. Ja no tenia por.

Per fi havia vençut els fantasmes.

La noia de l'altra banda del mirall.

—¿Què passa? —l'Amàlia va arrufar les celles.

—Han passat coses.

—¿Interessants?

—Desconcertants.

—¿Tu i el Lluís? —va alçar les celles.

—Tu i jo.

Va tornar a abaixar-les, fins a enganxar-les a les parpelles.

—No t'entenc.

—T'estimo —va dir la Maria.

—Jo també.

—No parlo d'aquest amor. Parlo de l'altre.

—¿Quin altre?

—Estic enamorada de tu.

El silenci va ser igual que un coixí de plomes. Tou, suau. No hi va haver mal estar ni violència, sorpresa o desànim. No entre elles, i menys en l'instant suprem de la sinceritat, per increïble que fos.

—Escolta —va continuar la Maria—. Sé que tu no... Vull dir que sé que tu ets heterosexual, o com es digui. I no passa res. Però t'ho havia de dir, ¿m'entens? No seria justa si callés, si m'ho quedés per a mi mateixa. També ets la meva millor amiga, i si no t'ho explico a tu, ¿a qui ho explicaré? No em puc permetre el luxe de perdre la teva amistat.

—Però el que em dius...

—Et dic que t'estimo i estic enamorada de tu, res més. I Déu n'hi do, ja ho sé, en sóc conscient. Però això és tot. Sóc sincera. I puc ser-ho perquè ja no em fa mal. Fins aquesta nit no he sabut què era o qui era. Abans em feia mal ignorar-ho, estimar-te sense saber per què t'estimava. La diferència és important.

—¿Què ha passat aquesta nit? —va preguntar-li l'Amàlia.

—He fet l'amor amb el Lluís.

La seva companya va obrir uns ulls com unes taronges.

—Ha estat molt bonic i revelador —va confessar la Maria—, però pensava en tu. Volia estar amb tu. T'estimava a tu.

—¿Estàs segura del que dius?

—Ara, sí. L'única cosa que necessitava era acceptar-ho i entendre-ho. Posar-hi un nom. Sóc lesbiana.

—Maria...

—No, calla —va posar-li els dits als llavis.

Els seus ulls ho van dir tot.

També el temps va esdevenir com el cotó.

—Ja ho veus —va tornar a trencar el silenci la Maria—. Tu mai no ho vas sospitar, ¿oi?

—No. ¿I tu?

—Tampoc. ¿Per què ho havia de fer? Una no pensa en la seva sexualitat fins que se li desperta i l'ha d'utilitzar.

—És tan... sorprenent.

—¿T'he decebut?

—No! —va xiuxiuejar amb èmfasi l'Amàlia—. Tens raó quan dius que som amigues. Tu no em pots decebre! És més, em sento orgullosa que m'ho hagis dit.

—La primera.

—¿Et penses que no m'ho imagino?

—Em sento més... tranquil·la —va reconèixer la Maria—. Alleujada.

—No deixis mai d'explicar-me res.

—Tot i que...

—Estàs enamorada de mi, d'acord. I jo t'estimo molt, a tu, perfecte. No cal que canviï res. Si tu pots suportar-ho, jo també.

—Vull que siguis feliç, amb el Baltasar o amb qui t'agradi.

—Ja ho sé.

Va ser l'Amàlia qui la va abraçar, amb totes les seves forces. La seva nuesa es va enganxar a la de la Maria. Va ser un contacte càlid, suprem, tan absolut i total, que igual que en l'instant del petó, la Maria va aconseguir capturar-ne l'essència. Posseir-la, fer-la seva i guardar-la.

—Déu meu, quina nit —va gemegar l'Amàlia.

—El teu pare, jo... Ara només falta que la teva mare es quedi embarassada.

L'Amàlia va apartar-la de cop i la va mirar. Va ser menys d'un segon. De sobte, totes dues es van posar a riure, més i més, i es van tornar a abraçar mentre ploraven, s'ofegaven i es convulsionaven per l'inesperat despropòsit.

La seva nuesa ja no importava.

La sinceritat estava més nua que elles i era el que realment comptava.

40

Hi havia tres tipus de veritats.

La veritat pròpia, la veritat aliena i la tercera veritat, potser la suma de les dues primeres, potser la més real, potser l'única que tenia un sentit. Però l'univers era ple de les veritats de cadascú i les veritats dels altres. Les terceres veritats penjaven dels núvols del cel, volaven a cavall dels vents i queien com gotes de pluja per mullar els qui s'aixoplugaven amb els paraigües de les seves cuirasses.

La Maria va mirar aquell firmament sense núvols, sense vent, suspès amb la calma de l'estiu acabat d'estrenar.

Després va tornar a mirar el Lluís.

La seva esquena, la distància cada vegada més gran, la petjada de les seves passes, tota la tristesa que desprenia.

Abatut per la veritat.

Per l'única veritat.

—Ho sento —va xiuxiuejar una altra vegada la Maria.

Sentia pena per ell, molta tristesa, però també alleujament.

Finalment, era lliure.

Va recordar les seves darreres paraules:

—Ets el millor que m'ha passat mai i tant de bo et pogués estimar d'una altra manera, tot i que t'estimo molt, moltíssim. Potser no t'ho creus, i m'odies, però és la veritat, Lluís.

Ell li havia demanat un petó.

I ella l'hi havia fet.

Com la nit de la revetlla, feia una eternitat, tot i que només havien passat quaranta-vuit hores.

Ara, cada pas els obria l'abisme d'aquella distància irrecuperable, insalvable.

El Lluís va desaparèixer del seu camp visual.

—El millor que m'ha passat... a més de l'Amàlia —va dir la Maria.

La seva Amàlia.

Tan viva, tan forta, tan enamorada del Baltasar, tan gran per al seu destí.

El seu primer amor.

La Maria va estrènyer els punys, les mandíbules, va fer mitja volta per sortir del parc i es va dirigir cap a casa seva.

Faltava una altra cosa.

Possiblement el pitjor.

Però necessitava començar des de zero, fer les coses bé, netejar-se i ser sincera amb si mateixa, sent-ho abans per endavant amb els altres.

I necessitaria ajuda.

—Ànim —es va empènyer amb coratge.

No volia callar, ni enganyar, ni mentir, ni fingir. A la cosina Teresa no paraven de parlar-li de nòvios, com si fos l'única opció per a una dona de trenta anys. I potser ella també ho era, de lesbiana, perquè sempre anava a tot arreu amb la seva amiga Joana. ¿I què?

Era cert, no passava res.

Segle XXI.

Es va veure de reüll en un aparador. Un altre mirall més. Tindria nous dubtes, noves preguntes. La vida havia de ser això: dubtar i preguntar, resoldre i buscar respostes. Però per algun motiu esperava sempre al davant. Com va dir John Lennon, «la vida és això que passa mentre estem fent plans». Plans o preguntes, tant li feia.

Al capdavall només tenia setze anys.

Va arribar a casa seva, va pujar al pis i hi va entrar sense fer soroll. Va sentir els seus pares parlant al menjador. Va anar a l'habitació de la Paqui, va treure el cap per la porta, sense cridar, i es va limitar a dir-li:

—¿Pots venir un moment?

—¿On?

—Vine, sisplau.

No es va apartar de la porta fins que va estar segura que la Paqui la seguiria. Va arribar al menjador i va entrar a dins. La seva mare va dir alguna cosa del sopar. El seu pare, alguna cosa de l'hora. Després, tots dos van callar en veure les seves cares, el somriure afeixugat de la Maria i el recel de la Paqui.

La Maria els va mirar, a tots tres.

Sabia que, poc o molt, l'entendrien. Ja no tenia por. ¿Per què n'hauria de tenir? L'estimaven i els estimava. Era la seva vida, i li havia vingut imposada, marcada en néixer. El seu cap, els seus gens, les seves arrels, la seva personalitat, l'ADN del seu codi, tot. Eren els seus pares i la seva germana. No estava malalta. No era rara. Era tan normal com qualsevol altre.

I els ho va anunciar amb el més bonic dels seus plàcids somriures:

—Papa, mama, Paqui, us haig de dir una cosa.

ÍNDEX